PAPIER FRESSERCHEN
MTM-VERLAG
DIE BÜCHER MIT DEM DRACHEN

Impressum:

Personen und Handlungen sind frei erfunden.
Ähnlichkeiten mit lebenden oder verstorbenen Personen sind
zufällig und nicht beabsichtigt.

Besuchen Sie uns im Internet:
www.papierfresserchen.de

© 2017 – Papierfresserchens MTM-Verlag GbR
Mühlstr. 10, 88085 Langenargen
Telefon: 08382/9090344
info@papierfresserchen.de
Alle Rechte vorbehalten.
Erstauflage 2017

Lektorat: Melanie Wittmann
Herstellung: Redaktions- und Literaturbüro MTM
www.literaturredaktion.de

Druck: Bookpress / Polen
Gedruckt in der EU

ISBN: 978-3-86196-701-9 - Taschenbuch
ISBN: 978-3-96074-144-2 - E-Book

Elisabeth Heck

Neumond

In einem anderen Leben

Dank

Dieses Buch ist meiner Familie und
meinen Freunden gewidmet.
Ein ganz besonderer Dank gilt
meinem Großvater Dietrich Fleischmann,
meinen Eltern und
meinen Großeltern.

Inhalt

Kapitel 1

Viele Menschen hassen lange Flüge oder Autofahrten, aber ich liebe sie. Insbesondere das Fliegen. Man sitzt für längere Zeit an seinem Platz und kann sich ungezwungen mit Leuten unterhalten, denn es ist sehr unwahrscheinlich, dass man sie wiedertrifft.

Deshalb machte es mir nichts aus, als meine Eltern mir mitteilten, dass sie mich nicht zum Workshop hinbringen konnten, sondern ich stattdessen fliegen sollte. Sie würden sowieso nur versuchen, dort für mich Freunde zu finden, und darauf konnte ich getrost verzichten.

Der Flug verlief reibungslos und pünktlich um siebzehn Uhr kam das Taxi, das mich zum sogenannten *Schloss* bringen sollte. Der Taxifahrer war nicht sehr gesprächig, ebenso wie ich, deshalb verlief die Fahrt schweigend.

Nach etwa einer halben Stunde kam das Anwesen endlich in Sicht. Es ähnelte mehr einem Palast als einer Villa oder einem Haus und war absolut gigantisch: Mehrere Türme, vier Stockwerke und hell erleuchtete Fenster thronten vor mir auf einer leichten Anhöhe. Auf der Vorderseite führte eine breite, altmodische Treppe zum Hauptportal, über dem ein großer Balkon von vier kunstvoll verzierten Säulen gestützt wurde. Das Gebäude prangte inmitten eines riesigen Parks mit symmetrisch angelegten Blumenbeeten und ordentlich geschnittenen Grünflächen. Auf der linken Seite grenzte das Anwesen an einen kleinen Wald, rechts an das Meer, das blau in der Sonne glitzerte.

Der Taxifahrer hielt direkt vor dem Haupteingang. Ich lud mein Gepäck aus und bezahlte, dann wendete das Auto und fuhr davon. Einige Zeit stand ich ehrfürchtig vor dem Gebäude und bewunderte das Schloss und den prachtvollen Park, bevor ich meinen Koffer nahm und die Stufen zum Hauptportal hochlief. Die Tür war nur angelehnt, ich trat ein und fand mich in einer riesigen, prunkvollen Halle aus weißem Marmor wieder. Der Boden war spiegelglatt und mit Mustern verziert, ebenso wie die Decke, an der ein riesiger Glasleuchter hing. Rechts und links ging je ein Gang ab und vor mir führten breite Stufen in das Obergeschoss.

Plötzlich fragte eine Stimme: „Bist du eine der Neuen?"

Ich fuhr herum und stand einem schlanken, blonden Mädchen gegenüber. Spöttisch sah sie mich an. „Das scheint ja keine harte Konkurrenz zu sein dieses Jahr."

Ich warf schwungvoll meine langen Haare zurück, musterte mein Gegenüber mit hochgezogenen Augenbrauen von oben bis unten und gab arrogant zurück: „Warum bist du eigentlich hier? Wir sind hier nicht beim Wettbewerb *Wie ziehe ich mich am besten an, damit ich wie ein Müllsack aussehe.*"

Die Blonde wollte gerade etwas erwidern, als plötzlich eine freundliche Stimme fragte: „Guten Tag, bist du Selina?"

Von rechts kam eine junge, hübsche Frau auf uns zu, offenbar die Leiterin des Musikworkshops.

Ich setzte ein falsches Lächeln auf und antwortete: „Guten Abend, Mrs Dale! Mein Name ist Selina Black und ich bin eine Teilnehmerin des diesjährigen Musikworkshops."

Mrs Dale kam auf mich zu und nahm lächelnd meine Hand. „Ich hoffe, dir wird es hier gefallen. Soll ich dir dein Zimmer zeigen?"

Als ich nickte, nahm sie mir meinen Koffer ab und ging zügig die Treppen hoch. Ohne mich noch einmal umzudrehen, folgte ich ihr.

Mrs Dale war sehr freundlich zu mir, das Gebäude und die Umgebung waren wunderschön und das geräumige Zimmer, in dem ich die nächsten sechs Wochen wohnen würde, war ebenfalls schick eingerichtet. Es gab zwei große Fenster, durch die man das Meer, den Strand und den Park sehen konnte. Vor diesen stand je ein Bett, links und rechts daneben je ein Schrank und ein Regal. Außerdem befand sich neben dem Eingang eine weitere Tür, die in das ebenfalls moderne Badezimmer führte.

Meine Mitbewohnerin war noch nicht da, deshalb wählte ich die rechte Seite und räumte meine Kleidung in den vorgesehenen

Schrank. Als ich meinen Kosmetikbeutel im Badezimmer verstaute, blieb ich einen Moment vor dem großen, runden Spiegel stehen und betrachtete mich. Lange braune Haare, grüne Augen, ein schmales Gesicht. Ich hasste es, mich anzusehen. Deshalb riss ich den Blick von meinem Spiegelbild los und verließ mein Zimmer, um das Gebäude ein wenig zu erkunden.

Neben der Tür hing ein Plan, der mir half, den Speisesaal, die Aufenthalts- und Lehrräume sehr schnell zu finden. Sie waren alle geschmackvoll eingerichtet, hatten Parkettböden, hohe Decken und an den Wänden kunstvolle Verzierungen. Schließlich kam ich zu den Musikräumen.

Eine Tür war nur angelehnt, also trat ich ein und schloss sie leise hinter mir. Der Raum dahinter war sehr groß und in der Mitte stand ein schwarzer Flügel. Ich klappte ihn auf, setzte mich auf den Hocker und fing an, mit der rechten Hand eine einfache Melodie zu spielen. Der Klang war wunderschön, viel besser als bei uns zu Hause. Ich schloss die Augen, spielte meine Lieblingsstücke und versank schnell in der Musik.

Erst ein leises Klatschen holte mich wieder in die Gegenwart zurück. Nachdem ich erschrocken hochgeblickt hatte, entdeckte ich einen hochgewachsenen, braun gebrannten Jungen mit halblangen, dunklen Haaren. Er lächelte freundlich. „Wie lange spielst du schon?“

Ich klappte den Flügel zu und fragte spöttisch: „Wer will das wissen?“

Der Dunkelhaarige grinste noch breiter. „Ich heiße *Jones. Brad Jones.*“

Oh Gott, der Arme hatte zu viele James-Bond-Filme gesehen.

„Und mit wem habe ich die Ehre?“

„Mein Name ist *Black. Selina Black*“, äffte ich ihn nach.

Brad lachte laut auf, bevor er wieder ernst wurde und fragte: „Also, wie lange spielst du schon?“

„Seit zwölf Jahren“, antwortete ich und stand auf.

Brad zog die Augenbrauen hoch. „Du bist unglaublich gut!“

„Ich weiß“, antwortete ich von oben herab. „Ich bin sehr begabt!“

„Und an Arroganz fehlt es dir ebenfalls nicht", stellte der Junge spöttisch fest.

„Ich weiß", sagte ich erneut und sah ihm provokant in die Augen. „Es gibt viele Mütter mit tollen Töchtern, aber meine musste mal wieder übertreiben ..." Mit diesen Worten drehte ich mich um und ließ ihn stehen.

Diese eiskalten, arroganten Sprüche, das war eigentlich nicht ich. Aber ich hatte keine andere Wahl.

Die nächsten sechs Wochen würde es jeden Abend um Punkt neunzehn Uhr Essen geben. Im Speisesaal waren die Tische in der Mitte zusammengestellt, sodass jeweils etwa acht Jugendliche zusammensitzen konnten, außerdem gab es eine Theke, hinter der sich der Eingang zur Küche befand. Doch der Saal hatte eine Besonderheit: Vor einer der vier Wände waren dünne Seile gespannt, an denen Fotos, die mit bunten Wäscheklammern befestigt waren, hingen. Es waren Bilder von Musikinstrumenten, Konzerten, Ausschnitten aus Musikvideos und berühmten Musikern und Sängern.

Ich setzte mich nicht zu den anderen Jugendlichen, sondern suchte mir einen Tisch am anderen Ende des Saales. Ich spürte die vielen Blicke, die auf mir ruhten, und ignorierte sie. Wie immer. Hier war es genau wie in meinen letzten Schulen.

Kurz nachdem ich mich gesetzt hatte, kam das blonde Mädchen aus der Eingangshalle mit zwei Freundinnen im Schlepptau auf mich zu. Sie waren alle drei modisch angezogen, hatten makellose Haut, glatte, lange Haare und musterten mich kritisch. Ich ignorierte sie demonstrativ, spürte aber ihre abwertenden Blicke und hörte sie tuscheln und kichern.

Da stand Mrs Dale vom Lehrertisch auf und räusperte sich. Sofort wurde es still und alle Blicke wanderten zu ihr. „Liebe Mädchen und Jungen", begrüßte sie uns mit einem strahlenden Lächeln, „herzlich willkommen beim Musikworkshop! Ihr habt die Ehre, dieses Jahr dabei sein zu dürfen! Euch erwarten aufregende sechs Wochen, die mit einem spannenden Talentwettbewerb abgeschlossen werden. Da unser Workshop der berühmteste in den ganzen USA ist, erwartet den Gewinner ein Stipendium an der renommiertesten Musikhochschule des Landes in New York. Ich wünsche euch allen viel Spaß und vor allem", sie zwinkerte, "viel Erfolg!"

Alle klatschten und Mrs Dale setzte sich wieder.

Weil ich aufgegessen hatte, stand ich auf und verließ den Raum. Es war halb acht und noch hell draußen, deshalb beschloss ich, an den Strand zu gehen. Beinahe lautlos lief ich den kleinen Weg hinunter, der vom Schloss zum Wasser führte, und schon nach wenigen Minuten erreichte ich mein Ziel. Barfuß schlenderte ich durch den Sand, genoss die Ruhe und das leise Rauschen des Meeres. Irgendwann setzte ich mich in einen Strandkorb und blickte gedankenverloren auf das Wasser hinaus.

Meine Eltern hatten mich hier angemeldet, damit ich Freunde finden und endlich wieder glücklich werden würde. Ich hatte ihnen von Anfang an gesagt, dass es nicht anders sein würde als auf meiner alten Schule, aber sie hatten mir nicht geglaubt. Nun hatten sie den Beweis. Es hatte sich absolut nichts geändert.

Plötzlich sagte eine raue Stimme hinter mir: "Ein kleines Mädchen, einsam und allein am Strand."

Erschrocken fuhr ich hoch und stand zwei großen, muskulösen Männern gegenüber, die mich angrinsten. "Tut mir leid, ich würde gern meine Ruhe haben", erwiderte ich, warf den beiden einen arroganten Blick zu und drängte mich an ihnen vorbei.

Doch ich kam nicht weit, denn der eine fasste grob mein Handgelenk und zischte: "Hiergeblieben!" Ich versuchte, ihn abzuschütteln – vergeblich. Die beiden schubsten mich wieder in den Strandkorb und bauten sich davor auf, sodass ich keine Chance hatte zu entkommen.

"Was wollen Sie von mir?", fragte ich.

Die beiden lachten laut auf.

"Ich habe keine Wertgegenstände dabei", sagte ich ruhig. Innerlich war ich außer mir vor Angst, aber äußerlich ließ ich mir (wie immer) nichts anmerken. Ich trug mein Pokerface, das ich mir jahrelang antrainiert hatte, zur Schau.

Der größere der Kerle kam mir noch näher, obwohl die beiden

ohnehin schon dicht vor mir standen. „Wir wollen keine Wertgegenstände, Süße“, verkündete er mit rauer Stimme.

Der andere lachte und beugte sich vor. „Für meinen Geschmack bist du viel zu dick angezogen ...“

Plötzlich fuhr er herum und keuchte auf. Hinter ihm stand ein Junge, etwa in meinem Alter, der ihm gerade seine Faust in den Magen gerammt hatte. Der Mann ging zu Boden, sein Kumpel wollte sich auf den Neuankömmling stürzen, doch der trat blitzschnell einen Schritt zur Seite, sodass der zweite ebenfalls fiel.

Der fremde Junge packte meine Hand und wir rannten, so schnell wir konnten, in Richtung Schloss, weg vom Strandkorb und den beiden Männern.

Kurz bevor wir bei dem Weg ankamen, der hoch zum Gebäude führte, machten wir halt.

„Die meisten Mädchen stehen auf dramatische Auftritte“, sagte der Junge zufrieden. „Also müsste ich gute Chancen bei dir haben.“

Ich zog die Augenbrauen hoch. „Bilde dir nicht zu viel darauf ein, dass ich mit dir rede.“

Der Junge lächelte spöttisch. „Du solltest dich bedanken, Schätzchen, wer weiß, was ohne mich mit dir passiert wäre!“

Das hatte gesessen. Aber ich ließ mir nichts anmerken, sondern sah ihn nur kühl an, warf meine Haare zurück und stapfte zügig zurück zum Schloss. Ich brachte es nicht über mich, mich jetzt noch bei ihm zu bedanken.

Als ich in mein Zimmer kam, war meine neue Mitbewohnerin gerade dabei, auszupacken. Sie war anscheinend ein sehr ordentlicher Mensch, denn all ihre Sachen standen fein säuberlich sortiert in ihrem Regal und die Kleidung stapelte sich sauber gefaltet ihm Schrank.

In meiner Hälfte des Zimmers dagegen sah es ganz anders aus: Parfumflaschen, Schminkdosen und Pinsel lagen überall verteilt im Regal, auf meinem Nachttisch türmten sich meine Collegeblöcke, Notenhefte, CDs und Süßigkeiten, verschiedene Kleidungsstücke lagen verstreut auf dem Boden und das Bett war voll mit Kissen,

Zeitschriften und Schminkutensilien. Und das, obwohl ich noch nicht einmal sechs Stunden in diesem Zimmer wohnte.

„Hey", begrüßte sie mich, „ich bin Brianna. Du heißt Selina?"

Brianna war klein, zierlich und hatte mittellange, dunkelblonde Haare, die sie zu einem lockeren Seitenzopf geflochten hatte. Ihr Gesicht war ziemlich rund, sie hatte ein freundliches Lächeln und braune, mandelförmige Augen. Ihr Hautton war auffällig hell und sie hatte auf der Nase ein paar Sommersprossen. Um den Hals trug sie eine silberne Kette mit einem kleinen, herzförmigen Anhänger.

„Ja", antwortete ich und schüttelte meine Decke aus, sodass alles, was darauflag, auf den Boden fiel. Ich schob die Sachen zur Seite und begann mich umzuziehen.

Brianna redete (zum Glück) nicht durchgehend und wir machten uns schweigend bettfertig.

Erst als wir beide im Dunkeln in unseren Betten lagen, fragte sie leise: „Warum bist du hier, Selina? Ich habe nicht den Eindruck, als seist du besonders motiviert."

„Glaub mir", antwortete ich, „ich bin nicht freiwillig hier!"

Am nächsten Morgen fing der Workshop an. Jeder Tag war durchgeplant. Zuerst gab es Frühstück, danach hatten wir zwei Stunden Probe. Man sollte entweder ein klassisches Gesangsstück, einen Popsong oder eine Musicalmelodie einstudieren. Da ich schon seit Jahren klassischen Gesangsunterricht nahm, wählte ich natürlich dieses Genre.

Dann folgte eine Theoriestunde und um kurz nach eins das Mittagessen.

Um 15 Uhr bekam ich eine Einzelstunde, danach folgte das Fach *Gemeinsame Probe & Songwriting*. Das war der Unterricht, den ich von Anfang an am meisten hasste: Man sollte sich mit mehreren Leuten zusammentun, ein eigenes Stück schreiben und einstudieren.

Nach dem Frühstück kam das blonde Mädchen von gestern – es hieß übrigens Zoe – mit zwei Freundinnen auf mich zu. „Ich habe gehört, dass du Klassik singst", sagte sie scheinheilig. „Das geht doch so, oder?" Sie imitierte spöttisch eine Opernsängerin.

„Auch wenn du doppelt so gut Pop singen würdest, verstehe ich nicht, wieso du hier bist", antwortete ich. „Der Workshop ist etwas für Talente!"

Zoe ignorierte meinen Kommentar. „Klassik ist so was von uncool", zischte sie.

Ich setzte meinen arroganten Blick auf und sah sie mitleidig an. „Ich weiß nicht genau, wie viel du von der Welt weißt, Süße, aber glaub mir, nicht alle sind deiner Meinung. Es gibt etwas, das nennt man *Geschmack*, doch ich denke, das ist für dich vielleicht ein zu hohes Niveau."

Im Speisesaal war es still geworden, aber für meinen Konter erntete ich einige Lacher.

Ich ignorierte sie, ließ Zoe und ihre Freundinnen stehen und machte mich auf den Weg zur Musikhalle, wo die Probe des klassischen Stücks stattfinden sollte.

Als ich dort ankam, waren schon alle da und erwarteten mich. Miss Smith, die zuständige Lehrerin, war klein, pummelig und sehr sympathisch. Sie lachte viel und man merkte, dass Musik ihr Leben war und sie ihren Job sehr gern machte.

Unsere Gruppe war nicht groß, sie bestand aus fünf Mädchen und sechs Jungs.

Miss Smith stellte uns zuerst das Stück vor, das wir einüben sollten. Es gab zwei männliche und eine weibliche Hauptfigur: Bella, Alessandro und Marco. Die Männer verlieben sich in Bella und versuchen beide, sie für sich zu gewinnen. Sie entscheidet sich für Marco und die beiden fliehen vor Alessandros Rache. Auf der Flucht stirbt Bella an Tuberkulose, während ihr Auserwählter verzweifelt zurückbleibt. Da er ohne sie nicht leben will, stellt er sich seinem Rivalen, der ihn tötet. Nachdem Alessandro klar wird, was er getan hat, begeht er Selbstmord.

Meiner Meinung nach war das Stück perfekt. Im Leben gab es schließlich auch kein Happy End, warum sollte man es dann (im wahrsten Sinne des Wortes) vorspielen?

Nach der Erläuterung verteilte Miss Smith Liedtexte, die wir bis zum nächsten Tag einstudieren sollten, denn von fünf Mädchen wollten vier die weibliche und von sechs Jungen sechs eine männliche Hauptrolle singen.

Als die Stunde vorbei war, kam eins der Mädchen auf mich zu. Es hieß Alice, hatte lange schwarze Haare und eine makellose, blasse Haut. „Hey", sagte sie, „ich wollte fragen, ob du Lust hast, das Stück gemeinsam mit mir einzustudieren?"

„Tut mir leid", entgegnete ich, „ich übe lieber allein. Hat nichts mit dir zu tun."

Alice starrte mich ungläubig an. Das schien wohl die erste Abfuhr ihres Lebens zu sein. „Na schön", sagte sie schließlich gedehnt. „Dann viel Spaß!" Sie drehte sich um und ging zurück zu den anderen Mädchen, die mich tuschelnd musterten.

Ich drehte ihnen den Rücken zu und verließ die Halle in der Hoffnung, endlich wieder allein sein zu können, aber schon nach einigen Metern lief Brad plötzlich neben mir her.

„Hi", sagte er. „Wie waren deine ersten Stunden?"

„Geht so", antwortete ich einsilbig.

Wir schwiegen, bis wir den großen Saal erreicht hatten, dann redete er weiter. „Ich fand das ganz schön cool von dir, wie du Zoe fertiggemacht hast. Sie ..."

„Du findest es cool, wenn Leute fertiggemacht werden?", fragte ich laut, sodass einige in unserer Nähe stehen blieben und zu uns herüberstarrten.

Brad blieb stehen. „Nein, so meinte ich das nicht ..."

„Hörte sich aber so an", erwiderte ich kühl.

„Ich meinte nur, dass es gut ist, dass jemand ihr endlich mal die Meinung gesagt hat. Sie ist viel zu eingebildet und arrogant", erklärte er. Aber ich war ein lieber, kleiner Engel oder was?

„Brad, ich habe kein Interesse an dir", sagte ich. „Bitte hör auf, mich zu nerven!" Währenddessen hatte sich ein Kreis um uns gebildet und es ertönten Beifallrufe.

Er sah mich kühl an. „Du bildest dir wohl ein, ich würde etwas von dir wollen?", meinte er hochmütig.

Ich nickte. „Du läufst mir hinterher wie ein Hund. Du kannst dir das etwa so vorstellen: Ich bin wie die Sonne, wunderschön, immer ein Gesprächsthema, aber unerreichbar. Kapiert?"

Jemand lachte.

Brad sah mich drohend an. „Das wirst du bereuen, Selina!"

Ich zuckte nur mit den Schultern, machte auf dem Absatz kehrt und rauschte davon.

„Du hast ihm gesagt, dass er dich nervt?" Irgendwie hatte Brianna mich dazu bekommen, ihr die Geschichte zu erzählen, und jetzt starrte sie mich ungläubig an. „Selina, man sagt anderen Leuten nicht ins Gesicht, dass man von ihnen genervt ist, besonders nicht in der Öffentlichkeit. Das verletzt ihren Stolz."

„Ja, kann sein, dass es etwas zu hart war …"

„Und das ist nicht das erste Mal! Was hat Brad dir denn getan? Oder die anderen, die du verletzt hast?"

„Brianna, ich …"

„Du machst dir Feinde, Selina! Sei doch einfach mal ein bisschen freundlicher und nicht so arrogant und kalt!"

Die ruhige Brianna schien sich für dieses Thema wirklich zu erwärmen, so viel hatte ich sie noch nie sprechen hören. Sie hatte sich nach einer sehr langweiligen Theoriestunde beim Mittagessen zu mir gesetzt und mich auf Brad angesprochen. Er schien ihr nichts erzählt zu haben, aber Brianna hatte eine sehr gute Menschenkenntnis und war zudem außergewöhnlich scharfsinnig. Sie hatte das meiste schon erraten, obwohl sie uns beide erst seit gestern kannte.

„Was war gestern eigentlich mit Jace?", fragte sie auf einmal interessiert.

„Wer oder was ist ein Jace?", gab ich irritiert zurück.

„Jace ist ein Junge, kein Gegenstand!", sagte sie empört. „Nämlich der, den du gestern am Strand getroffen hast!"

„Woher weißt du das schon wieder?", fragte ich langsam genervt.

„Ich habe euch zusammen gesehen. Vor dem Schloss."

„Sag mal, stalkst du mich oder was?", fragte ich ungläubig. „Kümmer dich lieber um deinen eigenen Kram!"

Ich hatte eigentlich eine verärgerte Reaktion erwartet, obwohl ich es nicht böse, sondern einfach nur ehrlich gemeint hatte, aber Brianna sah mich nur nachdenklich und gedankenversunken an.

In dem Moment kam ein großer, gut aussehender Junge auf uns zu. „Hey", sagte er zu ihr. „Brianna, kommst du?"

Sie nickte, nahm seine Hand und zog ihn, ohne mich noch eines Blickes zu würdigen, zum Nachbartisch.

Ein wenig überrascht stand auch ich auf und wollte mich gerade in den Musikraum verdrücken, als plötzlich der Junge von gestern vor mir stand. Ich musterte ihn mit hochgezogenen Augenbrauen.

„Wir müssen in der letzten Stunde mit jemandem zusammen einen Song schreiben", sagte er ziemlich selbstbewusst. „Ich habe gehört, du hast nach mir gefragt?" Ich hoffte, mein Pokerface verbarg meine Überraschung, und sagte nichts.

Jace zog ebenfalls seine Augenbrauen hoch und sah mich mit der gleichen hochmütigen Miene an, die wahrscheinlich auch mein Gesicht zeigte. „Ein kleiner Tipp am Rande", sagte er, „ich würde diesen Moment nutzen, denn mein Informant ist sehr zuverlässig und noch einmal bekommst du die Chance nicht, mit mir sechs Wochen lang jeden Tag eine Stunde zu verbringen."

„Was ist Jace für ein Name?", fragte ich.

Er lächelte spöttisch. „Jace kommt aus dem Indianischen und bedeutet *Mond*. Oder es ist wie in meinem Fall eine Abkürzung von Jason."

Ich runzelte die Stirn. „Selina bedeutet Mond oder Mondgöttin."

Er grinste. „Tja, das ist ein Zeichen, findest du nicht? Du solltest mein Angebot also auf jeden Fall annehmen."

„Okay", sagte ich ein wenig zögernd. „Wir sehen uns dann heute Nachmittag." Jace nickte, grinste und verschwand ebenso schnell, wie er aufgetaucht war.

Ich hatte noch Zeit, bevor meine nächste Stunde begann, deshalb machte ich mich auf den Weg zu einem der Musikräume, um noch ein wenig zu üben. Die Tür war nur angelehnt und ich trat ein. Zu meiner Überraschung saß am Flügel ein Junge und spielte leise Tonleitern. Er war sehr groß und sportlich, hatte blonde, hochgegelte

Haare und trug teure Markenkleidung. Ich erinnerte mich dunkel, dass er auch in Miss Smith' Klassikgruppe war.

Als ich eintrat, schaute er auf und lächelte mich freundlich an. „Hey", begrüßte er mich. „Ich bin gleich fertig, dann kannst du üben."

Ich dachte an Briannas Worte und lächelte zurück. „Lass dir Zeit."

Der Junge fing an, eine einfache Melodie zu spielen. „Kennst du dieses Stück?"

Ich nickte. „Ja, natürlich. Aber ich spiele es doppelt so schnell."

Er probierte es aus und nickte anerkennend. „Klingt viel besser! Spielst du eher Klassik oder moderne Stücke?"

„Meistens Klassik", antwortete ich.

„Mutig", erwiderte er lächelnd. „Viele Jugendliche machen über Klassik abwertende Kommentare."

„Ich weiß", sagte ich, „aber mir ist es egal, was andere von mir denken."

Überrascht schaute er von der Tastatur auf und mir direkt in die Augen. „Mir auch."

„Wie heißt du?", fragte ich.

„Julian", antwortete er. „Und du?"

„Selina", gab ich zur Antwort.

Er lächelte. „Ein schöner Name. Ich habe jetzt leider Unterricht." Er stand auf und ging zur Tür. Kurz bevor er den Raum verließ, sagte er noch: „Es war nett, dich kennenzulernen. Hoffentlich bis bald!" Dann verschwand er.

Nachdenklich setzte ich mich an den Flügel. Ich war erst seit Kurzem hier und hatte schon mehr Kontakt mit anderen Jugendlichen gehabt als in den letzten zwei Jahren zusammen.

Meine Einzelstunde verlief sehr gut. Die Lehrerin, Mrs Green, konnte ausgezeichnet singen und ihren Schülern wirklich etwas beibringen, also lernte ich trotz der kurzen Zeit relativ viel.

Danach machte ich mich auf den Weg in die große Halle, wo das Organisieren der gemeinsamen Proben stattfinden sollte. Ich kam etwas zu spät, alle anderen waren schon dort und Mrs Dale fing gerade an, die Kleingruppen einzuteilen. Ich suchte den Raum nach Jason ab, als er mich plötzlich von hinten ansprach. „Hey, lassen wir uns eintragen?"

Ich drehte mich um. „Ja, komm."

Mrs Dale schrieb uns auf ihre Liste und wies uns einen Musikraum zu.

Bis wir dort eintrafen, schwiegen wir, dann fragte ich: „Welche Musikrichtung singst du eigentlich?"

„Pop", antwortete er, „und ich spiele Klavier und Gitarre."

„Ich singe Klassik", bekannte ich. „Wie sollen wir dann ein passendes Stück zusammen interpretieren?"

Jason lächelte. „Ich liebe Herausforderungen!" Er schnappte sich eine Gitarre und bat: „Singst du mir ein Stück vor, damit ich deine Stimme einschätzen kann?" Ich nickte und nannte ihm die passenden Akkorde. Langsam und leise fing er an zu spielen, und als er sicherer wurde, setzte ich ein.

Wenn ich sang, konzentrierte ich mich nur auf den Song. Die ganze Welt um mich herum verschwand und ich bekam nichts mehr mit. So war es auch diesmal.

Ich sah Jasons Gesichtsausdruck erst, als das Lied zu Ende war. Er sah mich mit großen Augen an, die Brauen hochgezogen. „Du bist gut", sagte er nur.

Ich ging nicht darauf ein, sondern bat ihn, mir ebenfalls etwas zu zeigen.

Er hatte eine schöne, dunkle Stimme, die perfekt zum Song passte. Während er spielte und sang, betrachtete ich ihn unauffällig. Er war groß, athletisch gebaut und braun gebrannt, er trug ein lässiges T-Shirt, Jeans und Sneakers. Seine dunklen Haare waren an den Seiten kurz, oben lang und verwuschelt. Lange, dunkle Wimpern rahmten seine blaugrünen Augen ein, die in dem Moment konzentriert auf seine Gitarre sahen. Sein markantes Gesicht, die hohen Wangenknochen und seine vollen Lippen machten sein Aussehen nahezu perfekt.

Plötzlich schaute Jason hoch und mir unverwandt in die Augen. „Ich hoffe, du fällst, umgeworfen von meiner Schönheit, nicht in Ohnmacht?“

Ich stand auf und räusperte mich. „Lass uns anfangen. An was für eine Art von Song hast du gedacht?“

Er stand ebenfalls auf. „Vielleicht sollten wir etwas mit tiefer Strophe für mich und hohem Refrain für dich singen? Allerdings müsstest du üben, dass es poppig klingt und nicht nach Klassik.“

„Okay“, antwortete ich und ging zum Flügel.

Jason setzte sich neben mich und wir probierten ein paar Akkorde aus, doch es war nichts Brauchbares dabei.

„Ich kann nicht auf Kommando Lieder schreiben“, sagte ich schließlich.

Jason stand auf. „Okay, falls du mal einen spontanen Einfall haben solltest, such mich einfach“, sagte er. „Das Gleiche gilt für mich.“

Ich nickte, erhob mich und klappte den Flügel zu. „Dann bis bald.“

Kapitel 2

Die Mädchen beim Vorsingen waren gut. Schöne, klare Stimmen, aber alle durchschnittlich. Deshalb bekam ich die Rolle der Bella. Und Julian sang Marco, meinen Liebhaber. Das konnte ja was werden.

„Zuerst gehen wir das Stück trocken durch", erklärte Miss Smith. „Wir lesen es und jeder spricht seine Einsätze. Wenn das gut klappt, fangen wir an, die einzelnen Soli und Duette zu üben. Dazu könnt ihr zu zweit zusammengehen und euch gegenseitig korrigieren."

Da wir nicht blöd waren und niemand seine Einsätze verpasste, kamen wir in derselben Stunde schon zum zweiten Teil. Julian und ich sangen einige Duette, deshalb probten wir zusammen. Er war besser als die meisten hier, sehr ernst und alberte nicht ständig herum oder machte bedeutungsvolle Kommentare. Allerdings bemerkte ich, dass die anderen Mädchen mich neidisch beobachteten und tuschelten.

Julian sah meinen Blick und antwortete sachlich, noch bevor ich gefragt hatte: „Sie beneiden dich."

„Warum?", fragte ich erstaunt.

„Mein Vater ist ein sehr berühmter Sänger. Deshalb habe ich viele *Freunde*." Beim letzten Wort zeichnete er mit Zeige- und Mittelfingern Anführungszeichen in die Luft.

Ich sah ihn nachdenklich an. „Das Gefühl kenne ich."

An meiner Grundschule waren viele nur mit mir befreundet gewesen, weil meine Eltern viel Geld hatten. Aber sobald ihnen klar wurde, dass sie nicht auf diese Weise von unserer Freundschaft profitieren würden, waren sie schnell wieder weg gewesen.

Julian sah auf. „Sollte man deine Eltern auch kennen?"

Ich schüttelte den Kopf.

Er sah mich trotzdem weiterhin nachdenklich an. „Haben wir uns schon mal irgendwo getroffen? Du kommst mir bekannt vor."

Ich setzte wieder mein Pokerface auf. „Kann mich nicht daran erinnern."

„Merkwürdig. Ich ..."

In diesem Moment rief Miss Smith zu uns herüber: „Selina und Julian, hört auf zu reden und übt lieber eure Duette!"

Julian rollte mit den Augen und unser kurzes Gespräch war damit beendet.

Der Theorieunterricht war erneut ziemlich langweilig. Von einem Musikworkshop hatte ich erwartet, dass wir etwas für Fortgeschrittene machen würden, aber da es erschreckend viele gab, die zwar singen konnten, aber keine Ahnung von Musikgeschichte hatten, fingen wir ganz von vorne an.

Später aß ich zusammen mit Brianna zu Mittag. Anschließend hatten wir noch genug Zeit bis zum nächsten Unterricht, also machten wir einen kleinen Ausflug zum Strand. Obwohl meine Mitbewohnerin sonst eher ruhig und unaufdringlich war, plapperte sie jetzt fast die ganze Zeit. So erfuhr ich, dass sie mit ihren Eltern in einer kleinen Stadt wohnte, kaum Freundinnen hatte, aber seit Langem einen festen Freund, der auch am Workshop teilnahm.

Als ihre Erzählphase zu Ende war, fing sie mit den Fragen an. „Bist du beliebt bei dir zu Hause?"

„Nein", antwortete ich knapp, glücklicherweise merkte sie, dass ich nicht darüber reden wollte, und lenkte ihre nächste Frage in eine andere Richtung.

„Hast du einen Freund?"

Erneut verneinte ich.

„Seit wann singst du? Hast du schon an Wettbewerben teilgenommen?"

„Seit ich fünf bin. Und ja, habe ich", antwortete ich.

Brianna bekam große Augen und fragte sofort weiter. „Wann und wo?"

„Im Fernsehen. Vor zwei Jahren."

Sie blieb wie angewurzelt stehen. „Nein, oder? Du bist nicht die legendäre Selina?"

Ich lächelte spöttisch. „Wer sollte es denn sonst sein?"

Brianna lief schweigend weiter. Schließlich fragte sie leise: „Warum bist du so?"

„Wie meinst du das?", entgegnete ich, obwohl ich genau wusste, was sie meinte.

„Arrogant, eingebildet, sarkastisch ..."

Ich wich ihrer Frage aus. „Eingebildet bedeutet, dass man sich für toll hält. Aber ich halte mich nicht nur dafür, sondern bin es. Also nenn mich bitte nie wieder eingebildet."

„Du hast meine Frage nicht beantwortet."

Sie hatte es bemerkt. „Weißt du", antwortete ich langsam, „manche Erlebnisse prägen einen Menschen und formen ihn zu dem, was er ist."

Brianna sah mir direkt in die Augen. „Es gibt Menschen, die einen Schutzwall um sich herum aufbauen, um nicht verletzt zu werden."

Ich antwortete nicht, sondern schwieg.

„Selina, falls du jemanden zum Reden brauchst, ich bin immer für dich da", sagte Brianna ernst.

Ich zwang mich zu einem Lächeln und nickte. Sie schien verzweifelt Freunde zu suchen, aber dabei konnte ich ihr leider nicht helfen.

Nachmittags hatte ich wieder eine Stunde Probe mit Jace. Er wartete schon auf mich und spielte wahllos einige Akkorde am Flügel. Als ich eintrat, schaute er auf und sah mir unverwandt in die Augen. Ich hielt seinem Blick stand, bis er schließlich anfing zu grinsen. „Da ist wohl jemand in Flirtstimmung!"

„Ich hatte schon befürchtet, du würdest meinem umwerfenden Aussehen nicht widerstehen können", sagte ich. „Von meinem Charakter mal ganz abgesehen."

Jace lachte, dann stand er auf und öffnete das Fenster. „Ist es wirklich so heiß hier drin oder bin ich das?"

Ich verzog keine Miene und fragte nur: „Reißt du immer so schlechte Witze?"

Jace lächelte süffisant. „Nein, das Schlechte kommt von meinem momentanen Umgang, schätze ich."

„Du solltest nicht immer so viele Selbstgespräche führen", gab ich zurück.

„Na schön, eins zu null für dich", gab Jace klein bei. „Komm, lass uns anfangen." Er setzte sich wieder an den Flügel. „Hast du Lust, ein wenig Pop zu singen, damit sich deine Stimme daran gewöhnen kann?"

Ich nickte und wir fingen an, einige Melodien zu trällern. Jace spielte fehlerfrei und gefühlvoll und unsere Stimmen harmonierten gut. Seine Hände glitten geschmeidig über die Tasten, während er, völlig in die Musik versunken, sang und spielte. Es faszinierte mich, ihn so zu beobachten. Sein Gesichtsausdruck war entspannt und er sah zufrieden aus. Wie schnell manche Menschen glücklich zu machen waren ...

Als hätte er meinen Blick bemerkt, wandte Jace sich mir zu. „Ich denke, das reicht als Training."

Ich nickte und deutete auf den Klavierhocker. „Darf ich?"

Anstatt aufzustehen, rutschte er ans Ende des Hockers und deutete grinsend neben sich. Ich verdrehte die Augen, nahm aber Platz.

„Ich hatte heute Nacht eine Idee für eine Melodie." Langsam spielte ich ein paar Töne mit der rechten Hand, dann sah ich auf.

Jace' Augen fingen an zu glitzern. „Das ist unglaublich gut! Dramatisch und traurig. Perfekt!"

Er spielte ein paar weitere Akkorde und nach einigem Ausprobieren hatten wir einen guten Ansatz für die Melodie gefunden. Jace spielte, ich schrieb die Noten mit und so waren wir völlig in die Arbeit vertieft, als plötzlich die Tür aufging und Brianna erschien.

„Ach, hier seid ihr!", grinste sie. „Es gehen schon heiße Gerüchte um, was ihr hier wohl treibt, dabei komponiert ihr einfach nur ein Stück."

Jace runzelte die Stirn. „Sind die Gerüchte heißer als ich?"

„Gerüchte können nicht heiß sein", warf ich ein.

Brianna grinste noch breiter. „Es ist halb sieben, die Probenzeit ist schon seit anderthalb Stunden vorbei."

„Ich kann Selina einfach nicht verlassen", antwortete Jace theatralisch.

Seufzend stand ich auf. „Kommt, lasst uns zum Essen gehen."

Mein Projektpartner nickte, schob die Notenblätter in seine Tasche und schloss den Flügel. Brianna wartete an der Tür auf uns und zu dritt gingen wir hinunter in den Speisesaal. Als wir eintraten, ertönten laute Pfiffe und einige lachten.

Meine Zimmergenossin wurde rot, während Jace und ich das blödsinnige Verhalten der anderen ignorierten. Gemeinsam setzten wir uns an einen Tisch mit Briannas Freund und einigen anderen. Es war das erste Mal seit Langem, dass ich mit Freunden zusammen zu Abend aß.

Die folgenden Tage liefen allesamt gleich ab. Zuerst gab es Frühstück, dann hatten wir Probe mit Miss Smith. Darauf folgten eine Theoriestunde und das Mittagessen. Am Nachmittag hatte ich von drei bis vier Uhr Einzelunterricht bei Mrs Green, danach Probe mit Jace und um sieben Uhr gab es Abendessen.

Es passierte nichts Außergewöhliches.

Brianna und ich redeten nicht viel miteinander, aßen aber fast jeden Tag zusammen.

Das Stück machte große Fortschritte. Julian und ich beherrschten unser Duette nahezu perfekt und es machte Spaß, mit ihm zu arbeiten, da er meine Zurückhaltung und Melancholie verstand und nicht nachfragte. Die anderen aus der Gruppe, insbesondere die Mädchen, kamen nicht gut mit meiner Arroganz klar, aber daran war ich gewöhnt. Doch sie waren alle ziemlich talentiert und stets vorbereitet, deshalb kamen wir gut voran und probten bald schon nicht mehr nur die Stücke, sondern auch die Auftritte auf der Bühne und die Zusammenarbeit.

Auch die Einzelstunden bei Mrs Green verliefen tadellos, da sie eine ausgezeichnete Lehrerin war.

Die einzige Ausnahme stellten die gemeinsamen Proben mit Jace dar. Wir verstanden uns zwar gut, auch wenn er noch mehr arrogante oder sarkastische Kommentare von sich gab als ich, allerdings kamen wir einfach nicht voran. Wir hatten die Melodie schon komponiert, konnten uns aber nicht auf den Text einigen. Jace war der Meinung, dass der Song von einer glücklichen Liebe handeln sollte, ich hingegen hatte die unzähligen Happy Ends satt und bestand auf etwas Traurigem.

Wir einigten uns auf eine Mischung aus beidem, diese klang schließlich jedoch so miserabel, dass wir jene Art Songtexte sofort ausschlossen. Wir wurden von Stunde zu Stunde genervter, da uns einfach nichts Brauchbares einfiel, und schließlich ließen wir das regelmäßige Treffen sein, bis einer von uns einen Geistesblitz haben würde.

Ich sah Jace nun fast gar nicht mehr, bis auf einige Male beim Essen, deshalb war ich auch so überrascht, als er plötzlich eines Abends an meiner Tür klopfte. Er hatte sein übliches Grinsen im Gesicht und trug ein enges T-Shirt, Jeans und Turnschuhe, die Haare waren hochgegelt. „Hey", sagte er. „Wir haben ein Date."

„Ähm ... nein, haben wir nicht", antwortete ich. Wenn wir eins gehabt hätten, hätte ich es wohl kaum vergessen.

Jace runzelte die Stirn. „Oh, dann hab ich mich wohl in der Zimmernummer geirrt." Er zog einen kleinen Zettel aus der Tasche, warf einen kurzen Blick darauf und steckte ihn wieder ein. „Nein, ich bin richtig."

„Ich denke, ich würde mich daran erinnern, wenn du mich nach einem Date gefragt hättest", erwiderte ich langsam.

Jace fischte eine Spieluhr aus der Hosentasche, zog sie auf, und als sie anfing, *Für Elise* von Beethoven zu spielen, sah er mich ernst an. „Liebe Selina, hast du Lust, mit mir zusammen zum Strand zu gehen und den wunderschönen Sonnenuntergang zu beobachten, während leise die Wellen ans Ufer rollen und wir nebeneinander im warmen, weichen Sand sitzen?"

Ich lachte, doch sofort, als mir das bewusst wurde, setzte ich wieder meine undurchdringliche Miene auf. „Schön, lass uns gehen!"

Jace lächelte, aber in seinen Augen lag ein nachdenklicher Ausdruck.

Wir schwiegen, bis wir das Gebäude verlassen hatten. Dann fragte Jace plötzlich: „Hast du Lust auf eine Geschichte?" Auf mein Nicken hin fing er an zu erzählen. „Vor einigen Jahren habe ich im Sommer ein Mädchen kennengelernt. Es hieß Serena, war sehr hübsch und hatte Humor. Wir verstanden uns ausgezeichnet und am Ende des Sommer kamen wir zusammen. Und jetzt rate mal, was wir einige Wochen später herausgefunden haben."

„Keine Ahnung", gab ich zu.

„Als ich sie meinen Großeltern vorgestellt habe, sahen sie mich groß an und riefen: *Aber, Jason, das ist doch deine Schwester!*"

Ich blieb wie angewurzelt stehen. „Du warst mit deiner Schwester zusammen, ohne dass ihr wusstet, dass ihr Geschwister seid?"

Jace nickte. „Ja. Unsere Eltern haben zuerst mich bekommen, und als meine Mutter ungeplant mit Serena schwanger wurde, haben sie sie zur Adoption freigegeben."

„Deine Exfreundin ist also deine Schwester", stellte ich fest. „Das ist hart."

Jace zuckte mit den Schultern. „Geht schon. Es war nichts Ernstes."

„Aber wieso ist deinen Eltern nicht aufgefallen, dass Serena deine Freundin war? Hast du sie ihnen nie vorgestellt?", fragte ich.

Jace antwortete nicht. Wir waren am Strand angekommen und liefen durch den Sand hinunter zum Meer. Dort setzten wir uns auf einen kleinen Sandhügel und genossen schweigend den wunderschönen Ausblick.

Nach einigen Minuten sagte Jace, ohne aufzusehen: „Sie sind tot. Als ich zehn Jahre alt war, habe ich dabei zugesehen, wie sie im Meer ertrunken sind."

Eine Gänsehaut überzog mich von Kopf bis Fuß und ich biss mir so heftig auf die Lippe, dass sie anfing zu bluten. Ich spürte den Flashback und versuchte verzweifelt, ihn zu unterdrücken. „Was genau ist passiert?", fragte ich tonlos.

Jace begann langsam und stockend zu erzählen und es war, als würde alles noch einmal passieren.

„Wir waren im Urlaub am Strand. Es war eine ziemlich einsame

Gegend und sehr schön dort. Wir wohnten nicht weit entfernt vom Meer und verbrachten jeden Tag am Meer. Eines Tages wollten sich meine Eltern gegen Mittag ein wenig im Wasser abkühlen.

Aber ich hatte am Morgen im Wetterbericht gehört, dass es im Meer gefährliche Strömungen geben solle, und warnte sie. Sie jedoch hörten nicht auf mich und gingen trotzdem. Kurz nachdem sie hinausgeschwommen waren, kamen plötzlich drei Männer vom Rettungsdienst an den Strand, fragten mich aus und erklärten, ein Tourist hätte sie gerufen, da er meine Eltern im Wasser gesehen hätte. Sie sagten, es gäbe im Moment lebensgefährliche Strömungen in diesem Teil des Meeres und zwei der Männer fuhren mit einem Boot hinaus, um meine Eltern zu suchen, während der dritte bei mir blieb.

Je länger sie fortblieben, desto unruhiger wurde ich, aber der Mann versprach, dass alles gut werden würde. Kurze Zeit später kam das Boot zurück. Mit den Leichen meiner Eltern."

Ich sagte kein Wort, nahm auch nicht Jace' Hand und drückte sie, wie es in den kitschigen Liebesfilmen geschah. Wir saßen einfach nur schweigend nebeneinander und starrten auf das Meer hinaus.

Schließlich, nach einer halben Ewigkeit, fragte Jace: „Und was ist mit deinen Eltern?"

„Was soll mit ihnen sein?", gab ich zurück.

Er verdrehte die Augen. „Selina, heute mal wieder sehr gesprächig."

„Sie sind sehr reich, arbeiten von morgens bis abends und gehen mir auf die Nerven. Sonst noch irgendwelche Fragen?"

„Hast du Geschwister?"

„Nein."

„Besser als eine Exfreundin als Schwester. Alle ziehen uns ständig damit auf."

„Mein Beileid."

Jace drehte sich zu mir um. „Was machst du hier, wenn du keine Lust hast, neue Leute kennenzulernen, und allen mit deiner Arroganz auf die Nerven gehst?"

„Das musst du gerade sagen!", gab ich zurück.

Jace sah mich nachdenklich an. „Nein, im Ernst. Du weichst mir immer aus, wenn ich dir Fragen stelle."

„Meine Eltern", erklärte ich kühl, „wollten, dass ich hierherkomme. Bist du jetzt fertig mit dem Verhör?"

Jace setzte eine distanzierte Miene auf. „Oh, habe ich das Fräulein verärgert?"

Ich antwortete nicht und wir schwiegen einige Augenblicke.

Plötzlich spürte ich einen stechenden Schmerz in meinem Herzen. Ich schloss die Augen und presste meine Fingernägel in die Handinnenflächen. Als sich mein Körper verkrampfte, merkte auch Jace, dass etwas nicht in Ordnung war. Besorgt musterte er mich. „Was ist los?", fragte er.

Ich antwortete nicht, denn ich brauchte all meine Kraft, um nicht loszuschreien. Auf einmal verschwanden die Schmerzen so schnell, wie sie gekommen waren. Ich entspannte mich langsam wieder und spürte, wie Jace mich sehr nachdenklich ansah.

„Hast du so etwas öfter?", wollte er wissen.

„Nein", log ich und lächelte. „Ist schon wieder alles gut. Ich habe wohl ein bisschen überreagiert."

Er nickte mir verständnisvoll zu, damit hatten wir unseren kleinen Disput beendet und redeten im Anschluss über Gott und die Welt. Aber irgendetwas hatte sich verändert und ich merkte, dass Jace nicht mehr wirklich bei der Sache war.

Ich sah ihn erst am nächsten Nachmittag wieder.

Morgens war wie üblich eine Probe des klassischen Stücks und wir übten zum ersten Mal mit allen Darstellern auf der Bühne. Es lief alles glatt, bis wir zu dem Teil kamen, in dem Julian sich mit Dan, der Alessandro spielte, duellieren sollte. Wir hatten echte Degen, allerdings waren die Klingen abgestumpft.

Miss Smith rief: „Action!", und die beiden Jungen fingen an, im Kreis umeinander herum zu tänzeln. Beide spielten ihre Rollen sehr gut, sie stachen zu, wichen aus und parierten einwandfrei. Plötzlich holte Dan zum Schlag aus und stürzte sich auf Julian. Dieser hatte den Angriff nicht kommen sehen und wich nach hinten aus. Dabei stolperte er über ein ausgestrecktes Bein und schlug hart auf dem Boden auf.

Augenblicklich wurde es totenstill. Alle starrten wie angewurzelt auf Julian, der bewegungslos auf dem Boden lag. Miss Smith und Dan waren als Erste bei ihm, sie und zwei weitere Jungen hoben Julian hoch und trugen ihn unter großer Anstrengung aus dem Saal. Anstatt hinter ihnen her zu laufen, beobachtete ich, wie Alice und die anderen Mädchen tuschelnd die Köpfe zusammensteckten. Ich hatte eine dunkle Ahnung, was hier passiert war, und ging langsam und drohend auf sie zu.

Alice sah auf, und bevor sie mich kühl anblickte, konnte ich einen angstvollen Ausdruck über ihr Gesicht huschen sehen, der aber blitzschnell wieder verschwand. „Was willst du?", fragte sie unfreundlich. „Warum rennst du nicht deinem Prinzen hinterher?"

„Du bist dafür verantwortlich!", warf ich ihr ohne Vorankündigung an den Kopf. „Du hast ihm ein Bein gestellt und daraufhin ist er gestürzt."

„Und wenn schon", gab sie hochmütig zurück. „Warum sollte ich so etwas tun?"

„Damit du die Schuld auf mich schieben kannst", antwortete ich eiskalt. „Alle werden aussagen, sie hätten gesehen, wie ich Julian ein Bein gestellt habe. Dann werde ich aus dem Kurs geschmissen und du bekommst die Rolle der Bella."

Alice riss den Mund auf und ihre Augen wurden groß. „Du Miststück! Woher weißt du ..."

Ich lächelte sie freundlich an. „Du bist leicht zu durchschauen." Mit diesen Worten machte ich kehrt und lief schnellstmöglich zur Krankenstation.

Als ich dort ankam, war Julian wach. Auch er hatte den Plan der Mädchen durchschaut und ihn gerade Miss Smith offenbart, die mit empörtem Gesichtsausdruck gelauscht hatte und nun laut fluchend aus der Krankenstation eilte.

Ich sah Julian an. „Danke."

Er lächelte. „Kein Thema."

Wir schwiegen kurz, bis er plötzlich meinte: „Ähm, Selina ... ich ...“

Fragend sah ich ihn an. „Ja?“

„Also ... ich möchte nicht, dass du dir falsche Hoffnungen machst oder so. Weil ... ich bin schon vergeben. Also nicht, dass du denkst ...“

Ich grinste. „Keine Sorge, Julian, alles okay.“

Er lächelte erleichtert. „Dann ist es gut!“

Eine peinliche Stille trat ein, bis Julian erneut das Wort ergriff. „Was, denkst du, passiert mit Alice?“

Ich zuckte mit den Schultern. „Keine Ahnung. Vielleicht wird sie vom Theaterstück ausgeschlossen.“

Er nickte. „Gut möglich. Ziemlich hinterhältige Aktion.“

Ich nickte, dann saßen wir stumm im Krankenzimmer und warteten. Ich weiß nicht mehr worauf, aber es war angenehm, an seinem Bett zu sitzen und einfach nur zu schweigen.

Beim Mittagessen waren Julian und Alice das Gesprächsthema Nummer eins. Die anderen Mädchen hielten, nachdem Alice von Miss Smith vom Stück ausgeschlossen worden war, plötzlich alle zu mir und übertrieben bei ihren Schilderungen immer mehr. Am Ende des Tages hatte Alice den Degen in der Hand und stach damit auf Julian ein, bis er sich nicht mehr regte.

Nach der Einzelstunde ging ich in den Raum, in dem Jace und ich immer probten, aber er war nicht da. Das war ungewöhnlich, denn normalerweise war er immer der Erste. Ich setzte mich an den Flügel und spielte unsere Melodie, immer und immer wieder. Die Töne verschmolzen miteinander und ich stellte sie bei jedem Mal ein wenig um.

Plötzlich wurde die Tür aufgerissen und Jace stand im Türrahmen. „Oh, der Herr bequemt sich auch endlich zu kommen“, bemerkte ich kühl.

Jace beachtete meinen Kommentar nicht und drückte mir ein Blatt in die Hand. Die Schrift darauf war klein und ordentlich. Es war ein Songtext. Ich überflog ihn und sah überrascht auf. „Hattest du eine göttliche Eingebung?"

Er grinste und setzte sich lässig auf einen Stuhl. „Ja. Ist er nicht absolut perfekt?"

„Übertreib es nicht", murmelte ich und plötzlich fiel mir ein, was ich ihn schon immer einmal fragen wollte. „Glaubst du an Gott?"

Jace sah mich mit hochgezogenen Augenbrauen an. „Klar, warum nicht?"

„Hab keine Ahnung", erwiderte ich, „du wirkst irgendwie nicht so ..."

Er lehnte sich zurück und schloss die Augen. „Doch, ich glaube schon, dass es einen Gott oder wen auch immer da oben gibt. Du nicht?"

„Kann sein", antwortete ich. „Aber Tatsache ist, dass wir dabei sind, unseren eigenen Planeten zu zerstören. Es gibt Kriege, Krankheiten und Elend in der Welt und noch nie hat jemand da oben Anstalten gemacht, uns auch nur ansatzweise zu helfen. Ist das gerecht?"

„Wir sind dafür selbst verantwortlich", hielt er dagegen.

Ich schüttelte den Kopf. „Für manches vielleicht. Aber warum müssen die Tiere und die Natur so leiden? Oder was kann zum Beispiel ein unheilbar krankes Kind dafür, dass es zum Sterben verurteilt ist?"

„Vielleicht hat es im vorigen Leben etwas Unverzeihliches gemacht?"

„Du glaubst also an Gott, aber nicht an den Himmel, sondern an Wiedergeburt?"

„Alle Religionen sind ähnlich", erklärte Jace. „Letztendlich laufen sie alle auf das Gleiche hinaus: Frieden. Seltsam ist nur, dass sich immer alle gegenseitig bekämpfen."

„Jace, der Optimist!", sagte ich spöttisch. „Wenn ich Gott wäre, hätte ich schon längst etwas gegen das ganze Elend gemacht."

„Falls ich Gott mal begegnen sollte, werde ich ihm das vorschlagen", grinste er. „Komm, lass uns mal schauen, wie der Text zur Musik passt."

Ich nickte, aber gerade als wir uns an den Flügel gesetzt hatten, ging die Tür auf und Brianna kam herein. „Ach, hier seid ihr! Kommt schnell runter!", rief sie ein wenig hysterisch. Und weg war sie wieder.

Jace und ich sahen uns zweifelnd an, bevor wir ihr folgten.

Im großen Saal drängten sich alle in einem Kreis um etwas herum. Wir bahnten uns einen Weg durch die Menge und die Schaulustigen wichen bereitwillig zur Seite, als sie Jace sahen. Nachdem wir die Mitte erreicht hatten, blieb er plötzlich wie angewurzelt stehen, sodass Brianna gegen ihn prallte.

Vor uns standen zwei Personen, ein Mädchen und ein Mann. Der Mann war um die vierzig, hatte schwarze Locken und war braun gebrannt, sie hatte große Ähnlichkeiten mit Jace (ich nahm an, es war seine Schwester Serena), war sehr hübsch und modisch gekleidet. Die beiden stritten lautstark. Er gestikulierte, während sie ihn mit verschränkten Armen und wütendem Blick anstarrte.

In diesem Moment entdeckten sie Jace. Über das Gesicht des Mannes huschte ein stolzer Blick, der sich sofort in Freude verwandelte, Serena blickte zu Boden und biss sich auf die Lippe.

„Was ist hier los?", fragte Jace mit eiskalter Stimme. „Was wollt ihr hier?"

„Es tut mir leid, Jace", sagte Serena leise. „Liam bestand darauf, dass ich ihn hierher bringe."

„Jason", sagte der Mann und hob die Hände, „erinnerst du dich nicht an mich?"

Jace' Blicke hätten töten können. „Ich heiße Jace. Was willst du von mir?"

Liam sah ihn verletzt an. „Freust du dich nicht, mich wiederzusehen? Ich bin immerhin dein Pate!"

„Du hast mich im Stich gelassen, als ich dich gebraucht habe", zischte Jace. „Und Jahre später tauchst du auf einmal wieder auf. Verschwinde, Liam, jetzt brauche ich dich nicht mehr, die Zeiten sind vorbei!"

Die Augen des Mannes wurden größer. „Jason, ich ..."

„Ich heiße Jace! Du hast versprochen, immer für mich da zu sein, und als sie tot waren, bist du einfach abgehauen und hast mich Grandma und Grandpa ausgeliefert!" Er zog sein T-Shirt hoch und eine lange weiße Narbe wurde auf seinem Rücken sichtbar.

Ich sog scharf die Luft ein.

„Das haben sie mir angetan!", rief Jace. „Und jetzt komm bloß nicht an und entschuldige dich! Dafür ist es zu spät." Er machte kehrt und rauschte hoch erhobenen Hauptes aus dem Saal.

Mein Blick begegnete Serenas.

Sie sah unglaublich traurig aus und tat mir leid. Sie schaute fragend und ein wenig hoffnungsvoll in Richtung Tür. Ich nickte, lächelte schief und folgte Jace.

Er saß am Strand auf unserem Sandhügel und starrte aufs Meer.

„Hey", sagte ich leise, aber er reagierte nicht.

Wir saßen einfach nur nebeneinander und betrachteten die untergehende Sonne, bis er plötzlich sagte: „Es tut mir leid, dass ich dir nichts davon erzählt habe. Es hat sich irgendwie nie die Gelegenheit ergeben."

„Kein Problem", antwortete ich.

Wir schwiegen wieder eine Weile, bevor er berichtete: „Als meine Eltern gestorben waren, hätte Liam, ihr bester Freund, mich aufnehmen sollen. Aber er war plötzlich verschwunden und ich wurde zu meinen Großeltern gebracht. Sie misshandelten mich und begründeten es damit, dass sie strenge Erziehungsmethoden anwenden würden. Meine Grandma war eine liebe Frau, sie weinte immer stundenlang, wenn Grandpa mich geschlagen hatte. Schließlich bekam er einen Schlaganfall und starb. Grandma wurde daraufhin ins Alters- und ich ins Kinderheim abgeschoben. Ich blieb dort bis vor einem halben Jahr, dann bin ich abgehauen und wohne seitdem bei einem Freund. Wenn ich das Preisgeld nicht gewinne, habe ich keine Chance, jemals etwas Vernünftiges zu arbeiten ..."

Ich wusste, was für eine Überwindung es für Jace gewesen sein musste, mir das alles zu erzählen. Seinen Stolz herunterzuschlucken und sich jemandem anzuvertrauen, den er erst vor Kurzem kennengelernt hatte. Ich musste ihm echt viel bedeuten.

„Deshalb deine Arroganz und dein Sarkasmus“, sagte ich leise. „Selbstschutz ...“

Jace ging nicht darauf ein, sondern sah mich stattdessen an. „Was würdest du an meiner Stelle tun?“

„Man sollte manchen Menschen eine zweite Chance geben“, antwortete ich. „Du kannst nicht sicher sein, dass Liam keine berechtigten Gründe hatte.“

„Dafür gibt es keine berechtigten Gründe!“

„Das weißt du doch nicht! Gib ihm wenigstens die Chance, dir alles zu erklären.“ Ich stand auf. „Komm, lass uns zurückgehen, dann könnt ihr beide in Ruhe reden. Wenn nichts bei dem Gespräch herauskommt, kannst du ihn immer noch zum Mond schießen.“

Jace stand ebenfalls auf. Dann nahm er mich plötzlich in den Arm und drückte mich fest. „Danke, Selina.“ Ebenso schnell ließ er mich wieder los und lief zügig in Richtung Schloss.

Ich folgte ihm nicht sofort, sondern starrte ihm verwirrt hinterher.

Ich sah ihn an diesem Abend nicht wieder. Anscheinend hatte er mit Liam geredet und war dann sofort verschwunden, allerdings suchte ich auch nicht nach ihm, sondern verbrachte den ganzen Abend alleine auf meinem Zimmer. Gegen neun oder zehn Uhr kam Brianna und fing an, mich über ihn auszufragen.

„Es läuft nichts zwischen uns“, versicherte ich ihr genervt.

Sie zog die Augenbrauen hoch. „Hast du mal bemerkt, wie er dich ansieht?“

Ich schluckte. „Wie sieht er mich denn an?“

Brianna lächelte nur geheimnisvoll und zuckte mit den Schultern. „Also, du willst sicher nichts von ihm?“

Ich seufzte. „Nein, Brianna.“

„Aber wenn, sagst du es mir zuerst, ja?“

Ich rollte mit den Augen. „Ja!“

„Obwohl es eigentlich sehr passend wäre“, überlegt sie laut. „Jace und Ben sind gut befreundet und wir beide auch. Dann könnten wir Viererdates machen!“

Brianna und ich gut befreundet?! Aber ich sagte nichts und verschwand schweigend im Bad. Sie würde es früh genug erfahren.

Kapitel 3

In dieser Nacht träumte ich das erste Mal, seit ich hier war. Im Traum erlebte ich meinen siebzehnten Geburtstag. Ich stand wie betäubt im Wohnzimmer und starrte meine Eltern fassungslos an. Sie waren die besten Eltern, die man sich wünschen konnte, sie waren immer für mich da und lasen mir jeden Wunsch von den Augen ab. Aber dass sie das tun würden, hätte ich nie gedacht.

„Du musst lernen, auch mal an dich zu denken", sagte mein Vater ruhig. „Du kannst nicht von morgens bis abends zu Hause sitzen. In deinem Alter trifft man sich mit Freunden und geht auf Partys."

„Tja, Dad, mit mir will aber keiner auf Partys gehen oder sonst etwas unternehmen", antwortete ich wütend.

Das war gelogen. Die Jungs standen Schlange bei mir.

„Außerdem kennst du meine Gründe genau. Also, lass mich verdammt noch mal in Ruhe!"

„Ach Schatz", sagte meine Mutter leise. „Sei uns doch dankbar, dass wir dir eine Chance bieten, neue Leute kennenzulernen! Und du liebst Musik doch so sehr ..."

„Mum, ich werde da auf keinen Fall hingehen."

„Doch!", sagte mein Vater bestimmt. „Du wirst! Es ist uns gewiss nicht leichtgefallen, dich unter diesen Umständen für mehrere Wochen wegzuschicken, aber es ist uns wichtiger, dass du glücklich bist! Dieser Workshop wird wunderbar werden!"

Ich starrte ihn wütend an, dann machte ich auf dem Absatz kehrt und stürmte aus dem Zimmer.

Schon nach kurzer Zeit folgte mir meine Mutter auf mein Zimmer. Das tat sie immer. Nach jedem Streit hatte sie ein schlechtes Gewissen und versuchte, die Angelegenheit harmonisch zu regeln.

Als sie eintrat und sich setzte, ignorierte ich sie demonstrativ.

„Liebling", fing sie an, „dein Vater hat recht. Es tut dir gut, mal unter junge Leute zu kommen."

„Mum, ich gehe jeden Tag zur Schule."

„Aber dort ignorierst du all deine Mitschüler und die, die nett zu dir sind und Freundschaften schließen wollen, vergraulst du. So kann das nicht weitergehen!"

„Ach, und nach dem Herbst werde ich mich dann mit all meinen neuen Freunden treffen können oder was?", zischte ich.

Sie sah mich lange an. „Der Workshop hat rein gar nichts mit dem kommenden Herbst zu tun. Es soll dort wunderschön sein! Du wirst dorthin gehen, Selina, und wenigstens für kurze Zeit sehen, dass diese Welt nicht nur grausame Seiten hat. Das ist unser letztes Wort!" Damit stand sie auf und verließ den Raum.

Um mich herum wurde alles schwarz.

Plötzlich befand ich mich wieder in meinem Bett und fuhr schwer atmend hoch. Ich sah die Bilder meines Traums blitzschnell vor meinen Augen vorbeiziehen und mir wurde schwindelig.

Auf einmal fragte eine leise Stimme: „Sel, alles in Ordnung?"

Ich riss die Augen auf und sah mich panisch um. Mein Atem ging schwer und alles verschwamm um mich herum. Ich fiel zurück in die Kissen und blieb regungslos liegen.

Da spürte ich unerwartet eine Bewegung neben mir und jemand kletterte zu mir unter die Decke. „Schh", machte Brianna leise und beruhigend. „Alles ist gut, beruhige dich ..."

Ich atmete tief ein und spürte, wie sich mein Körper langsam entspannte. „Bitte", sagte ich kaum hörbar. „Erzähl niemandem davon."

„Selbstverständlich. Willst du drüber reden?"

Ich antwortete nicht sofort. „Meine Eltern ... Ich habe gewisse Probleme, schon lange, aber sie verstehen mich nicht. Sie sind der Meinung, ich solle so tun, als sei alles okay, als gäbe es mein Problem nicht. Aber das kann ich nicht."

„Sie haben dich hierher geschickt, weil sie wollen, dass du unter Leute kommst."

„Ja. Sie meinten, sie könnten es nicht länger mit ansehen, wie dieses Problem mein Leben zerstört. Wahre Nächstenliebe!"

„Gefällt es dir hier nicht?"

Ich seufzte. „Es tut mir leid, Brianna, aber du verstehst das nicht. Es hat nichts damit zu tun, ob es mir irgendwo oder mit irgendwelchen Leuten gefällt. Das Problem ist weitaus tiefgründiger."

Sie nickte und fragte ausnahmsweise nicht weiter nach. Wir lagen schweigend nebeneinander unter meiner Bettdecke, während ich eine gewisse Wärme und Verbindung zwischen uns spürte. Dieses Gefühl war ungewohnt, aber sehr schön.

Am nächsten Morgen stand ich ohne Probleme auf. Brianna fluchte allerdings über Schlafmangel, Augenringe und Rückenschmerzen. Wir frühstückten, ohne viel zu reden, danach machte ich mich auf den Weg zur Theaterprobe.

Als ich dort ankam, waren schon alle da außer Alice. Sie würde natürlich auch nicht mehr kommen.

Julian hatte sich schnell erholt und lächelte mich an, als ich eintrat. Ich lächelte zurück, stellte mich aber nicht unmittelbar neben ihn.

Miss Smith hielt zuerst einen Vortrag darüber, wie „hinterhältig" und „asozial" Alice' Verhalten gewesen sei, dann begannen wir zu proben. Diesmal lief alles glatt. Die Darsteller sangen ihre Soli oder Duette gut, niemand verpasste seinen Einsatz und es passierten keine ungeplanten Ereignisse.

Während der Probe hatte ich selten kleine Pausen, aber wenn, dann unterhielt ich mich mit Julian. Er erzählte mir von seinem Leben als Sohn eines berühmten Sängers. Dass er fast nie alleine irgendwo hingehen durfte aus Angst vor einer Entführung und dass er Ewigkeiten gebraucht hatte, um seinen Vater zu diesem Workshop zu überreden, dass er keine wirklichen Freunde hatte und dass er seinen Vater höchstens einmal in der Woche sah. Julian war sehr intelligent, er hatte eine wirklich außergewöhnliche Allgemeinbildung, da er viel las. Er sang Tenor und spielte Violine, schon seit er fünf Jahre alt war. Schließlich, als er genug von sich erzählt hatte und merkte, dass ich über mich nicht reden wollte, fingen wir an, über Musik, Literatur und Kunst zu sprechen. Julian liebte im Gegensatz zu mir Rap und Metal, Pop, Musical und Klassik mochten wir beide.

Gerade als wir anfingen, über Kunst zu diskutieren, weil er meinte, er verstünde moderne Kunst nicht („Ein paar Striche auf eine Leinwand klatschen kann ich auch, warum bezahlt jemand Millionen dafür?"), rief Miss Smith uns zur Probe.

Nach der Theoriestunde, dem Mittagessen – Jace war merkwürdigerweise spurlos verschwunden – und der Einzelstunde machte ich mich auf den Weg zu unserem Probenraum. Als ich die Tür öffnete, saß Jace am Flügel und spielte. Leise setzte ich mich und er bemerkte mich nicht.

Ich mochte es, Leute zu beobachten, die in die Musik vertieft waren. Jace besonders. Wenn er Klavier spielte oder sang, war er immer völlig entspannt, sein Gesichtsausdruck friedlich, nicht arrogant oder verschlossen. Vielleicht erinnerte er mich einfach nur an mich selbst, meine arrogante Schutzmauer, die ich nur ablegte, wenn ich alleine war oder sang.

Plötzlich sah er auf und lächelte. „Na, bist du wieder von meiner unübertrefflichen Schönheit geblendet?"

Ich verdrehte die Augen und ging auf seinen unnötigen Kommentar nicht ein. „Hast du die Angelegenheit mit Liam geklärt?"

Er wiegte den Kopf hin und her. „Er hat sich immerhin keine Geschichten ausgedacht und sich ehrlich entschuldigt. Wir treffen uns nach dem Workshop und reden ausführlich. Mal sehen, was dabei herauskommt."

„Und was ist mit Serena?"

„Der habe ich versichert, dass sie nichts falsch gemacht hat, und sie ist halbwegs beruhigt wieder abgereist."

„Schön", grinste ich und fügte scherzhaft hinzu: „Ich bin stolz auf dich!"

Jace sah betreten auf die Klaviertastatur. Er biss sich auf die Lippen und ich bemerkte, wie sich seine Fäuste ballten.

„Was ist los?“, fragte ich überrascht. „Habe ich etwas Falsches gesagt?“

Er antwortete so leise, dass ich ihn kaum verstand. „Du hättest nicht die Erste sein sollen, die das zu mir sagt.“ Er schluckte und es entstand eine kurze, peinliche Pause, bevor er betont fröhlich vorschlug: „Okay, nehmen wir den Text für unseren Song? Also, ich will ja nichts sagen, aber er ist nahezu perfekt ...“

„Von mir aus“, antwortete ich immer noch ein wenig beschämt.

Jace grinste. „Dann komm her!“

Ich sah ihn verwirrt an.

Er lachte, als er meinen skeptischen Blick wahrnahm. „Kannst du den Text etwa schon auswendig?“

Er rutschte und ich setzte mich neben ihn auf den Klavierhocker. Obwohl ich auf die Tasten sah, bemerkte ich, wie er mich nachdenklich von der Seite musterte. Dann fingen wir an zu singen.

Als wir mit der Probe fertig waren, beschloss Jace, dass wir beide an den Strand gehen sollten. Das war typisch für ihn: Nicht fragen, einfach handeln.

Sobald wir das Schloss verlassen hatten, nahm er meine Hand und zog mich den kleinen Weg hinunter, der zum Meer führte. In dem Augenblick, als wir am Meer ankamen, ging die Sonne unter. Wir standen Hand in Hand im Sand, das warme Meer umspülte unsere Füße und wir beobachteten schweigend, wie die Sonne am Horizont versank.

Und dann zerstörte Jace die romantische Stimmung – worüber ich ehrlich gesagt ganz froh war, denn ich hasse Kitsch –, indem er diese Worte sagte: „Habe ich schon mal erwähnt, dass ich schwul bin?“

Selten entglitt mir meine ausdruckslose Miene, aber dies war ein solcher Moment. Ich drehte geschockt den Kopf und sah ihn fassungslos an. „Was?“

Jace musterte mich erstaunt. „Es tut mir leid, Selina, dass ich es dir nicht schon früher gesagt habe. Ich hoffe, ich habe dir keine Hoffnungen gemacht ...“

„Nein, das kann nicht sein", flüsterte ich bestürzt.

„Hast du etwas gegen Homosexuelle?", fragte er misstrauisch und zog die Augenbrauen hoch.

„Nein!", protestierte ich. „Aber ich kann es nicht fassen. Du wärst der Letzte, bei dem ich das vermutet hätte."

Auf einmal stahl sich ein leises Lächeln auf sein Gesicht. Dann fing er lauthals an zu lachen. In seine Augen traten Tränen und sein ganzer Körper bebte. „Dein Gesichtsausdruck! Einfach köstlich!"

Ich trat einen Schritt zurück. „Heißt das ... Jace!" Ich drehte mich wütend um und stapfte durch den Sand davon.

Da hörte er auf zu lachen, packte meine Schultern und ich ließ mich widerwillig von ihm herumdrehen. „Hey", schmunzelte er. „Keine Angst, ich bin hetero. Aber interessant, wie wichtig dir das ist."

Wenn Blicke töten könnten, wäre er auf der Stelle tot umgefallen. „Es tut mir leid, wenn du dir Hoffnungen gemacht hast, Jason, aber ich habe kein Interesse an dir. Aber interessant, dass du es unbedingt herausfinden wolltest."

Jace verzog keine Miene und es versetzte meinem Herzen einen kleinen Stich, als ich bemerkte, dass er tatsächlich nichts von mir wollte. Nicht, dass es mir etwas ausgemacht hätte. Aber es erfüllte mich mit Genugtuung, wenn jemand auf mich stand. Stärkte das Selbstvertrauen und so.

„Schön, dann haben wir das auch geklärt", stellte Jace fest und nahm wieder meine Hand.

Ich runzelte die Stirn. „Was soll dann das?" Ich warf einen Blick auf unsere Hände.

Er zuckte mit den Schultern. „Freundschaft und so? Sag, wenn du es nicht willst. Auch wenn ich das stark bezweifle, da ich mir meiner männlichen Attraktivität durchaus bewusst bin."

Und schon wieder hatte er mich zum Lachen gebracht und ich konnte ihm seinen schlechten Scherz von vorher nicht mehr übel nehmen.

In dieser Nacht hatte ich wieder einen Traum aus der Vergangenheit. Ich war etwa zwölf Jahre alt, bei allen beliebt, das hübscheste Mädchen der Schule, hatte viele Freundinnen und noch mehr Verehrer. Dann fing ich an, von einem auf den anderen Tag arrogant zu werden. Anfangs machten alle Witze darüber und lachten über meine Sprüche, aber als ihnen aufging, dass ich alles davon ernst meinte, wendeten sie sich von mir ab. Nur zwei Freundinnen blieben mir treu, bis ich sie so heftig verletzte, dass sie mir nie verzeihen würden.

Ich war auf mich allein gestellt. In den Stunden, den Pausen und in der Freizeit. Letzteres war am härtesten. In der Schule hatte ich immer ein Buch dabei und ignorierte alle Mitschüler, aber wenn ich am Wochenende allein zu Hause auf meinem Zimmer saß und sie alle unten auf der Straße vorbeiliefen und Spaß hatten, fing ich an, melancholisch zu werden.

Ich hatte, seit ich zwölf war, jeden Nachmittag allein in meinem Zimmer gesessen und gelernt, gelesen, gesungen oder am Fenster die Welt beobachtet.

Und jetzt hatte sich alles verändert.

Ich wachte auf. Bewegungslos lag ich in meinem Bett und starrte an die Decke. Ihre Namen gingen mir immer wieder durch den Kopf. Brianna, Julian, Jace. Mit ihnen hatte ich all meine Prinzipien über den Haufen geworfen.

In den nächsten paar Tagen passierte nichts Besonderes. Wir kamen überall gut voran. Allerdings zog ich mich wieder ein wenig zurück, antwortete auf Julians und Briannas Fragen nur einsilbig und starrte abwesend vor mich hin. Jace und ich führten nach dem Ereignis am Strand keine Privatgespräche mehr, sondern redeten nur über Musik, und sobald wir mit den Proben fertig waren, verdrückten wir uns.

Erst etwa drei oder vier Tage später, als ich auf meinem Bett saß und las, stellte Brianna mich zur Rede. „Sel, was ist mit dir los?"

„Nichts", antwortete ich, ohne aufzusehen. „Was soll sein?"

Sie verschränkte die Arme vor der Brust. „Du redest nicht und tust so, als würden wir uns nicht kennen. Vor allem mit Jace ist es ganz schlimm."

„Brianna, warum mischst du dich immer in meine Angelegenheiten ein?“, fragte ich genervt. Jeder meiner früheren Freunde hätte spätestens jetzt verletzt und beleidigt das Zimmer verlassen und mich aufgegeben.

Aber Brianna sah mich bloß sorgenvoll an. „Du versuchst, dass wir uns von dir fernhalten, und provozierst deshalb Streit. Irgendwas stimmt da nicht.“

Ich presste kaum merklich die Zähne zusammen. „Ihr geht mir alle sonst wo vorbei. Wenn wir hier fertig sind, werden wir uns nie wiedersehen, warum sollte ich unnötige Freundschaften aufbauen?“

„Nein“, sagte sie nachdenklich, „das ist eine Ausrede.“

„Brianna“, meinte ich ruhig, „ich bin besser als ihr alle und werde sowieso gewinnen. Ihr habt keine Chance gegen mich. Außerdem nervt mich deine armselige Art, Freunde finden zu wollen. Ich bin nicht deine Freundin und werde es nie sein. Und jetzt lass mich verdammt noch mal in Ruhe!“

Ich erwartete einen fassungslosen, zutiefst verletzten Gesichtsausdruck. Aber sie sah nicht im Geringsten so aus, sondern nahm meine harschen Worte völlig gleichgültig auf und zuckte mit den Schultern. „Na schön, wenn du über dein Problem nicht reden möchtest, dann nicht.“ Sie setzte sich mir gegenüber auf ihr Bett, stützte ihr Kinn auf ihre Hand und starrte mich an. „Ich habe Zeit.“

„Warum wirst du keine Psychologin?“, fragte ich verzweifelt. „Lass mich doch einfach in Ruhe!“

Sie antwortete nicht, sondern sah mich weiterhin an.

Ich versuchte mich wieder auf den Inhalt meines Buches zu konzentrieren, aber ich konnte ihren abwartenden Blick einfach nicht ausblenden. Schließlich warf ich das Buch fort. „Na schön, du hast es so gewollt. Du willst wissen, was mein Problem ist? Mir wurde mein Herz gebrochen. Aber bei mir ist es etwas anderes, ich komme damit nicht klar und habe psychische Probleme. Selbstverletzendes Verhalten und mehrere Phobien.“

„Oh“, machte Brianna leise. „Das erklärt natürlich einiges. Eine Schutzmauer aus Arroganz, damit niemand darüberklettert und sieht, wie es wirklich in dir aussieht. Dein abweisendes Verhalten und sozialer Rückzug.“

„Ja." Ich stand auf. „Würdest du mich jetzt bitte entschuldigen? Ich bin müde."

Sie ignorierte Letzteres und fragte leise: „Warst du in Behandlung?"

„Nein!", sagte ich kühl. „Und ich wäre dir sehr verbunden, wenn du das alles für dich behalten könntest."

Ich knallte die Badezimmertür hinter mir zu und drückte meine Stirn gegen den kühlen Spiegel. Brianna dachte, sie hätte mich aufgrund meiner Erklärung und ihrer psychologischen Kenntnisse durchschaut. Aber sie hatte keine Ahnung, wie es tief in mir drin aussah.

Nicht im Geringsten.

Am nächsten Morgen setzte sich Jace beim Frühstück zu mir. „Hey", sagte er. „Irgendwas Neues bei dir?"

„Nein, bei dir?"

„Nicht wirklich. Ist es okay, wenn wir die Probe heute ausfallen lassen?"

„Kein Problem", antwortete ich. Wir schwiegen, dann fragte ich aus reiner Höflichkeit: „Was hast du denn Wichtiges vor?"

Er grinste. „Ein Date!"

„Mit wem?", wollte ich wissen, obwohl es mich nicht im Geringsten interessierte. Wir wollten beide nichts voneinander, warum machte er dann so eine große Show daraus?

Jace' Lächeln breitete sich über sein ganzes Gesicht aus. „Zoe."

Ich erinnerte mich dunkel an die blonde Zicke vom Anfang des Workshops. „Aha", antwortete ich gleichgültig. Dann lächelte ich gezwungen. „Schön für euch. Viel Spaß!"

Sein Gesicht verdunkelte sich. „Alles okay?"

Ich nickte und stand auf. „Hab nur ein wenig Kopfschmerzen. Kannst du Miss Smith und Julian sagen, dass ich heute nicht zur Probe komme?"

Er stand ebenfalls auf. „Selbstverständlich. Soll ich dich auf dein Zimmer bringen?"

Ich schüttelte den Kopf. „Danke, passt schon. Ich gehe ein wenig frische Luft schnappen und leg mich nachher hin. Bis dann."

Jace sah nicht sehr überzeugt aus, aber er sagte nichts mehr, also drehte ich mich um und ging langsam aus dem Saal. Die Welt verschwamm vor meinen Augen. Ich hörte aus weiter Ferne, wie jemand meinen Namen rief, doch ich reagierte nicht und lief wie in Trance hinaus.

Erst als ich am Meer angekommen war, sah ich plötzlich wieder klar. Ich sank im warmen, weichen Sand auf die Knie und fing hemmungslos zu weinen an.

Ich blieb den ganzen Tag am Strand, schwänzte alle Proben und blickte stattdessen aufs Meer. Die kleinen Wellen, die regelmäßig auf den Sand rollten, beruhigten mich und in mir breitete sich eine tiefe Ruhe aus. Schließlich, kurz nach dem Abendessen, machte ich mich auf den Weg in mein Zimmer.

Als ich dort ankam, fand ich einen Teller mit lauwarmem Essen vor. Brianna musste ihn für mich hingestellt haben. Ich aß hungrig alles auf, dann legte ich mich auf mein Bett und versuchte mich auf mein Buch zu konzentrieren, aber nach einigen Minuten klopfte es plötzlich und Jace trat ein. Er grinste, schnappte sich einen Stuhl, setzte sich falsch herum darauf und fragte: „Na, erholt?"

„Ich dachte, du hast ein Date", sagte ich.

Er zuckte mit den Schultern. „Ich habe abgesagt. Sie sitzt jetzt umringt von ihren Freundinnen in ihrem Zimmer und trauert, dass ein so wundervoller Junge wie ich das Date abgesagt hat."

Ich sah ihn mit gerunzelter Stirn an. „Herzensbrecher."

Er zuckte mit den Schultern. „Ich kann alle haben, wenn ich will. Was soll ich mit Zoe?"

So arrogant es auch klang, Jace hatte vollkommen recht. Er sah umwerfend aus, hatte einen perfekten Körper, war charmant, witzig, intelligent und musikalisch. Egal, wo er hinging, jedes Mädchen schaute ihm hinterher.

„Und jetzt kommst du zu mir?", fragte ich.

Er grinste. „Reine Höflichkeit. Hattest du einen schönen Tag am Meer?"

Ich nickte. „Woher weißt du das?“

Er ging nicht auf meine Frage ein. „Du wurdest vermisst. Julian hat nach dir gefragt.“

„Oh, stimmt, Julian“. Ich lächelte. „Wie geht’s ihm?“

Jace zog die Augenbrauen hoch. „Habt ihr was miteinander?“

„Ist da jemand eifersüchtig?“, stellte ich die Gegenfrage.

„Weicht da jemand meiner Frage aus?“, gab er schnippisch zurück.

„Nein“, sagte ich fest. „Wir haben nichts miteinander. Warum fragst du?“

Jace grinste. „Ich kenne jemanden, der auf ihn steht.“

„Wen?“, fragte ich überrascht.

„Brianna!“, antwortete er triumphierend.

Ich schüttelte den Kopf. „Weißt du nicht, dass sie einen Freund hat?“

„Klar. Aber sie liebt Julian trotzdem.“

„Nein, das kann nicht sein“, sagte ich verwirrt. „Sie ist mit Ben glücklich.“

Jace sah mich mitleidig an. „Kann es sein, dass du ziemlich auf dich selbst fixiert bist, mal abgesehen von den schmachtenden Blicken, die du mir zuwirfst? Sie liebt Julian, aber sie will Ben nicht verletzen.“

„Deshalb die Verkupplungsgeschichte“, flüsterte ich und ergänzte auf seinen fragenden Blick hin: „Sie versucht alles, um uns beide zu verkuppeln. Aber anscheinend nicht aus Freundschaft, sondern weil ich nichts mit Julian anfangen soll.“

Er nickte. „Kann gut sein.“

Ich stand auf. „Ich stell sie jetzt zur Rede. Kommst du mit?“

Jace erhob sich ebenfalls, schüttelte aber den Kopf. „Das ist etwas zwischen euch.“

Wir verließen den Raum und machten uns auf den Weg in Richtung Speisesaal.

Schließlich sagte Jace: „Ich muss hier rechts.“ Es entstand eine peinliche Pause, dann umarmte er mich. „Bis morgen!“

Ich fand Brianna nicht, also ging ich zu Julians Zimmer. Vielleicht wusste er, wo sie steckte. Als ich die Tür aufriss, lag er auf seinem Bett. Aber er war nicht alleine. Neben ihm lag Brianna.

„Verzeiht die Störung!", sagte ich kühl.

Sie fuhren hoch und starrten mich mit großen Augen an.

„Selina", murmelte Julian. „Es ist nicht so, wie du denkst ..."

„Das sagen sie alle", stellte ich trocken fest, drehte mich um und wollte das Zimmer verlassen, aber Brianna murmelte leise: „Sel, es tut mir leid, ich ..."

Ich fuhr herum. „Es tut dir leid? Die ganze vorgetäuschte Freundschaft, nur damit du mich mithilfe von Jace von Julian ablenken kannst und sicherstellst, dass ich nichts von ihm will? Und du", ich wandte mich Julian zu, „flirtest mit mir, was das Zeug hält, plötzlich fällt dir ein, dass du vergeben bist, danach dieser Beste-Freunde-Mist, aber du erzählst mir nicht, dass du was mit Brianna hast?"

„Selina, ich ..."

„Ich tue alles, damit ihr nicht verletzt werdet, und so dankt ihr mir das?"

Briannas und Julians Gesichter zeigten geschockte Mienen. „Was?"

Erst da ging mir auf, dass ich zu viel verraten hatte. „Ihr könnte mich alle mal!", fluchte ich, dann verließ ich das Zimmer und rannte davon.

Ich rannte, bis ich plötzlich auf dem Sand ausrutschte und stolperte. Ich rappelte mich wieder hoch und beschloss, dass ich nun einen Grund hatte, um Liz anzurufen.

Ich nahm mein Smartphone aus der Hosentasche, wählte ihre Nummer und nach dem zweiten Klingeln nahm sie ab. „Psychologische Beratung, Elizabeth Hooper hier, wer spricht?"

„Ich bin's", antwortete ich leise. „Selina."

„Oh", entfuhr es ihr. „Was ist passiert?"

Ich seufzte, dann fing ich an, Liz alles zu erzählen. Vom Workshop, von Brianna, Julian und Jace.

Sie hörte geduldig zu und fragte schließlich: „Und was gedenkst du jetzt zu tun?"

„Ich weiß es nicht", antwortete ich ratlos. „Was meinst du, warum ich anrufe?"

„Ich würde das mit Julian und Brianna nicht zu ernst nehmen", sagte Liz. „Du solltest dir lieber mal überlegen, wann du ihnen dein Geheimnis sagen willst, anstatt dich mit solchen Kleinigkeiten aufzuhalten." Ich konnte mir bildlich vorstellen, wie Liz nachdenklich ihre Nägel betrachtete.

„Und was ist mit Jace?", murmelte ich, ohne auf ihren Rat einzugehen.

„Ich denke", sagte Liz plötzlich leise, „manchmal gibt es kein Zurück."

Ich antwortete nicht sofort, sondern dachte einige Minuten lang über ihren letzten Satz nach. Schließlich dankte ich ihr und wir verabschiedeten uns.

Ich blieb noch eine Weile im Sand sitzen und wartete, bis ich mich beruhigt hatte. Dann stand ich auf und lief langsam zurück zum Schloss. Als ich vor meiner Zimmertür angekommen war, atmete ich tief ein und öffnete sie.

Brianna saß auf ihrem Bett und telefonierte. Sie sah mich zuerst ungläubig an, dann sprang sie auf und fiel mir um den Hals. „Oh, Sel!"

Zuerst stand ich wie angewurzelt mitten im Zimmer, bis ich ihre Umarmung schließlich erwiderte.

Kapitel 4

Brianna machte am nächsten Morgen mit Ben Schluss. Sie erzählte mir erleichtert, dass er nicht wirklich traurig gewesen sei, da er schon seit Längerem das Gefühl gehabt hätte, dass es mit ihnen nicht mehr funktionierte.

„Meinst du, ich soll das mit Julian jetzt öffentlich machen?", fragte sie dann. „Aber was denken denn dann alle?"

Ich zuckte mit den Schultern. Ihre Probleme hätte ich gern. „Warte noch ein paar Tage."

Sie nickte. „Okay. Übrigens wollte Julian mit dir reden."

Ich zog die Augenbrauen hoch. „Warum?"

Brianna lächelte. „Sich entschuldigen oder so, keine Ahnung. Er lässt ausrichten, er sei in seinem Zimmer."

Ich stand auf. „Na schön, dann klär ich das kurz mit ihm."

Sie räusperte sich. „Wusstest du, dass wir morgen einen freien Tag haben?"

Als ich nickte, fragte sie schüchtern: „Hast du Lust, dass wir zusammen in die Stadt gehen?"

Ich lächelte. „Ja, von mir aus."

„Soll ich Jace und Julian fragen, ob sie mitkommen möchten?"

Jace sollte uns beim Shoppen begleiten? Ich zögerte, erinnerte mich dann aber an Liz' Worte. „Manchmal gibt es kein Zurück."

„Ja, frag sie", antwortete ich entschlossen.

Über Briannas Gesicht legte sich ein Strahlen. „Okay! Das wird bestimmt sehr schön!"

Ich nickte und ließ die Tür hinter mir zufallen.

Julian saß auf seinem Bett und las. Als ich eintrat, schaute er auf und legte sein Buch zur Seite.

„Hey."

„Hallo", sagte ich und setzte mich auf das Bett ihm gegenüber. „Du wolltest mit mir sprechen?"

„Ich wollte mich entschuldigen", fing er an. „Du bist wirklich eine sehr gute Freundin und ich möchte dich nicht verlieren."

Ich verkniff mir ein „Haha, Ironie des Schicksals".

Er sprach weiter. „Anfangs dachte ich, du seist arrogant und eingebildet. Aber bald habe ich gemerkt, dass das alles nur Fassade ist, damit dir niemand zu nahe kommt und du nicht verletzt wirst. Vielleicht liegt das an einer Erfahrung aus deiner Kindheit oder so, spielt ja auch keine Rolle."

Dachte er wirklich, er hätte mich durchschaut?

„Als mir das bewusst wurde, versuchte ich, dein Vertrauen zu erlangen." Anscheinend glaubte er es wirklich.

„Ich wollte dir klarmachen, dass die Welt nicht immer so schrecklich ist, wie du sie siehst."

„Oh doch, das ist sie, Julian!", widersprach ich ihm im Stillen.

„Ich weiß, dass das Verheimlichen der Beziehung mit Brianna kein tadelloses Beispiel war, aber ich denke, du hast auch deine Geheimnisse. Weiß ich etwa alles über dein Verhältnis mit Jace?"

„Wir haben nichts miteinander!", entgegnete ich genervt. „Warum kommt ihr alle auf diese Idee?"

Julian musterte mich kritisch. „Bist du sicher?"

„Jace flirtet mit jeder", antwortete ich.

„Da bin ich mir nicht so sicher", entgegnete er. „Du bist jemand Besonderes, dich behandelt er anders. Ich kenne ihn schon, seit wir vierzehn sind. Glaub mir, mit niemandem war es ihm so ernst wie mit dir."

Oh nein, bloß das nicht! „Du lenkst vom Thema ab!", wich ich aus.

Er nickte. „Es tut mir leid, Selina. Ist jetzt wieder alles gut zwischen uns?"

Ich nickte. „Schon vergessen."

Julian lächelte, dann stand er auf und umarmte mich. „Du bedeutest mir viel", flüsterte er.

Ich brachte es nicht über mich zu antworten. Also schwiegen wir.

Am nächsten Morgen brachen wir früh zu unserem Ausflug in die benachbarte Stadt auf. Der Fußweg – zurück wollten wir uns ein Taxi nehmen – dauerte etwa eine halbe Stunde, wir liefen am Strand entlang und wateten mit den Füßen durch das Wasser. Brianna und Julian rannten voraus und alberten herum, sodass ich neben Jace her schlenderte.

Anfangs schwiegen wir, bis er fragte: „Meinst du, wir gewinnen mit unserem Song?"

Ich zuckte mit den Schultern. „Wir haben gute Chancen, weil wir mich haben."

Er schmunzelte. „Seit wann hast du schon Gesangsunterricht?"

„Schon immer", antwortete ich. „Und du?"

„Seit dem Tod meiner Eltern", erwiderte er leise. Es herrschte eine kurze Pause, bis er weitersprach. „Seit sie tot sind, war ich nie wieder im Wasser."

„Das erklärt den Geruch", kommentierte ich.

Jace lachte, dann wurde er wieder ernst. „Ich habe wirklich eine Art Wasserphobie. Duschen geht, klar, aber ins Schwimmbad oder Meer, um zu baden ..." Er ließ den Satz unvollendet. Mir fiel nichts ein, was man darauf hätte sagen können, also antwortete ich nicht, sondern wartete, bis er weitersprach. „Wovor hast du am meisten Angst?"

Vielleicht wäre es doch klüger gewesen, etwas zu sagen, als diese Frage zu beantworten. Aber jetzt war es zu spät.

„Die Menschen zu verletzen, die ich liebe", sagte ich leise.

„Das klingt dramatisch", scherzte Jace. „Ist das dein Ernst? Nicht vor Spinnen, Höhe oder Tod, sondern davor, Menschen zu verletzen?"

„Wir wissen nicht, was nach dem Tod kommt", antwortete ich. „Darüber nachzudenken ist vergebene Mühe."

„Vielleicht hast du recht", sagte er. „Aber deine Angst ist trotzdem außergewöhnlich." Darauf antwortete ich nicht und wir liefen stumm weiter. Aber es war ein angenehmes Schweigen.

In der Stadt steuerten Brianna und ich jeden Laden an. Wir probierten alles aus. Im Kosmetikladen ließen wir die Jungs schminken. Meine Zimmergenossin und ich waren uns einig, dass es ihnen sehr gut stand. Der blaue Lidschatten brachte Jace' Augen wunderbar zur Geltung und Julians Lippen wurden durch den pinken Lippenstift ausgezeichnet betont. Im Gegenzug ließen Brianna und ich uns dazu überreden, uns beim Friseur die Haare nach ihrem Wunsch zu stylen.

Im Schuhgeschäft kauften Julian und ich uns neue Sneakers, während Brianna in der Buchhandlung drei dicke Bücher erstand.

Als wir uns schließlich am Nachmittag völlig erschöpft in ein Café setzten, hatten alle riesige Tüten bei sich – bis auf Jace. Er hatte uns den ganzen Tag fleißig beraten, aber selbst nichts gekauft. Plötzlich erinnerte ich mich, dass er fast kein Geld hatte, und bot an, die Rechnung zu übernehmen. Ich sah, wie Jace die Stirn runzelte, dann murmelte er etwas von „Frische Luft schnappen", stand auf und verließ das Café. Ich sah Brianna staunend an. Sie nickte in Jace' Richtung, also stand ich auf und folgte ihm.

Er stand etwas abseits an eine Hauswand gelehnt. Schweigend stellte ich mich neben ihn.

Nach einigen Minuten endlich sagte er: „Es ist zum Kotzen. Alles hier. Nur steinreiche Kinder, die von morgens bis abends prahlen, wie viel Geld ihre Eltern haben und was sie davon alles kaufen. Neue Schuhe hier, stylische Kleidung da, Handys, iPads, Laptops, alles bekommen sie hinterhergeworfen. Das mit dem Einladen ist nett gemeint, aber nein, danke, Selina. Ich bin auf keine Spenden angewiesen."

„Ich lade euch alle ein", sagte ich. „Das hat nichts mit dir zu tun. Die anderen nehmen es auch an."

„Sie werden es dir irgendwann zurückzahlen können", antwortete Jace kühl. „Ich nicht."

Ich ignorierte seinen letzten Kommentar. „Kommst du jetzt wieder rein? Selbstmitleid steht dir nicht."

Ich hörte ihn leise lachen. „Habe ich schon mal erwähnt, dass ich deine aufmunternden Worte liebe?"

„Fast so sehr wie mich", grinste ich, biss mir dann aber auf die Lippen, als mir aufging, was ich da gerade gesagt hatte.

„Ja", sagte er ernst. „Fast."

Ich hatte keine Zeit mehr herauszufinden, ob seine letzten Worte sarkastisch gemeint waren oder nicht, denn er stieß sich von der Wand ab und ging zurück ins Café. Mir blieb nichts anderes übrig, als ihm zu folgen.

Brianna und Julian sahen uns erwartungsvoll entgegen, und nachdem Jace und ich uns gesetzt hatten, bestellten wir endlich. Burger, Pommes, Fleisch, Cola. Hauptsache ungesund. Jace riss einen Witz nach dem anderen, sodass Brianna und Julian schließlich einen Lachkrampf bekamen. Wir saßen mehr als zwei Stunden in dem Café, bestellten immer mehr und redeten über Gott und die Welt.

Dieser Abend gab mir seit Langem endlich mal wieder das Gefühl, einigermaßen normal zu sein. Und ich wünschte mir inständig, dass dieses Gefühl nie wieder verschwinden würde, auch wenn ich es besser wusste.

Am Abend lagen Brianna und ich erschöpft im Bett. Es war schon nach Mitternacht und ich war fast eingeschlafen, als mich ihre leise Stimme in die Realität zurückholte.

„Ich habe euch alle wahnsinnig lieb. Dies hier ist der erste Ort, wo ich so akzeptiert werde, wie ich bin."

Ich lächelte, auch wenn sie das im Dunkeln nicht sehen konnte. Dann sagte ich genervt: „Du weißt, dass ich Kitsch hasse."

Sie lachte leise. „Du hast übrigens meine Frage nie wirklich beantwortet. Die, weshalb du hier bist."

Irgendwie hatte Brianna ein Gespür dafür, worüber ich nicht reden wollte.

„Ich habe dir doch die Geschichte mit dem gebrochenen Herzen erzählt", sagte ich bedächtig. „Meine Eltern sind deswegen der Meinung gewesen, ich sollte wieder Anschluss finden. Neue Leute kennenlernen. Mein Talent fördern lassen. Tja, dann haben sie mich hier angemeldet."

„Und was machst du, wenn du hier gewinnst?"

„Ich hab noch keine Pläne“, antwortete ich schroff.

Wir schwiegen eine Weile. Als ich schon dachte, dass sie eingeschlafen war, fragte sie: „Weißt du, dass du für Jace etwas Besonderes bist?“

Ich setzte mich auf. „So etwas in der Art hat Julian auch schon angedeutet. Was meint ihr damit?“

„Er öffnet sich dir. Das macht er bei niemandem sonst. Nicht einmal mit Julian spricht er über das, was ihn bedrückt, und die beiden kennen sich schon ewig. Außerdem sieht er dich so an.“

„Wie?“, fragte ich und mein Hals fühlte sich wie zugeschnürt an.

„Als würde er dich lieben“, antwortete Brianna leise.

Jedes andere Mädchen wäre jetzt wohl freudestrahlend aufgesprungen, aber mir war plötzlich kalt. Es war eine innere Kälte, die sich durch meine Adern fraß und sie vereisen ließ.

Am nächsten Morgen sprach Brianna das Thema nicht mehr an und ich tat es auch nicht. Beim Frühstück plauderten wir über Belangloses und Jace riss wie üblich einen Witz nach dem anderen. Währenddessen beobachtete ich ihn nachdenklich. Könnten Brianna und Julian mit ihrer Vermutung richtig liegen?

Als ich gerade aufgestanden war, tippte mir von hinten jemand auf die Schulter. Zoe. „Hast du mal kurz eine Minute?“, flötete sie in gespielter Freundlichkeit.

Ich nickte und sie zog mich etwas abseits von den anderen.

„Ich möchte, dass du Jace in Ruhe lässt“, forderte sie und warf schwungvoll ihre langen, blonden Haare nach hinten. „Er hat kein Interesse an dir und mir gesagt, er würde nicht zu Wort kommen, um dir das zu beichten, da du immer nur von dir redest. Was ich mir bei deiner Arroganz durchaus vorstellen kann.“

„Ach“, sagte ich, „das Date mit wem hat er noch mal abgesagt?“

Zoe runzelte die Stirn und sah mich mitleidig an. „Das hat er dir erzählt? Ich denke, jeder hier im Raum kann bezeugen, dass es umgekehrt war. Du kannst gerne fragen.“ Sie musterte mich nachdenklich. „Ich will dir nicht dein armes, kleines Herz brechen, aber es nervt ihn, wie du ihm hinterherläufst.“

Ich glaubte Zoe kein Wort. So etwas würde Jace nie sagen. „Tut mir leid, wenn ich deine üble Nachrede beenden muss", unterbrach ich ihre Tirade, „aber dein Gelaber interessiert mich nicht. Schönen Tag noch." Mit diesen Worten ließ ich sie stehen und lief in Richtung meines Zimmers davon.

Jace war nicht der Typ, der hinter meinem Rücken derart über mich redete. Außerdem waren sich sowohl Julian als auch Brianna sicher, dass er mich mochte. Allerdings hatte er selbst klar gesagt, dass er nichts von mir wollte.

„Entschuldigung", sprach ich das nächste Mädchen an, das mir entgegenkam.

Es blieb stehen. „Ja?"

„Hast du mitbekommen, dass Jason etwas über mich gesagt hat?"

„Bist du Selina?", fragte meine Gesprächspartnerin. Ich nickte. „Und Jason ist der gut aussehende Dunkelhaarige?"

Als ich erneut nickte, verzog sie mitleidig das Gesicht und wiederholte das, was Zoe mir zuvor berichtet hatte.

Ich lächelte freundlich und bedankte mich. Aber sobald sie außer Sichtweite war, rannte ich los.

Jace war auf seinem Zimmer und lag im Bett, aber als ich die Tür aufriss, fuhr er hoch. „Ach, du bist es", begrüßte er mich, nachdem er mich erkannt hatte, und ließ sich zurück in die Kissen sinken. „Würde ich nicht liegen, hättest du mich mit deiner Schönheit glatt umgehauen."

„Lass die blöden Sprüche", entgegnete ich kühl. „Erklär mir lieber, weshalb du hinter meinem Rücken erzählst, dass es dich nerven würde, wie ich dir hinterherlaufe."

Jace zog die Augenbrauen hoch und setzte sich wieder auf. „Wer behauptet das?"

„Zoe. Und nicht du hättest das Date abgesagt, sondern sie."

„Ich danke dir für dein Vertrauen", antwortete Jace ironisch. „Du glaubst also alles, was diese Zicke von sich gibt? Für so naiv hätte ich dich nicht gehalten."

„Ich habe ein Mädchen auf dem Gang gefragt, es hat die Geschichte bestätigt“, antwortete ich wütend, ließ mir meine Emotion allerdings nicht anmerken.

„Du wirst es mir sicherlich nicht glauben, aber ich habe dich in diesem Punkt nicht angelogen und auch nie das gesagt, was Zoe behauptet“, erwidert Jace ernst. „War das Mädchen, das dir begegnet ist, zufällig eine von ihren Freundinnen?“

Ich runzelte die Stirn. „Jetzt wo du es sagst ... ja, ich denke schon.“

Er stand auf. „Ich nehme mal an, sie sollte diese Geschichte bestätigen, nur deshalb ist sie dir entgegengekommen.“

Das klang ziemlich plausibel und ich konnte mir einen solchen Schachzug bei Zoe gut vorstellen. „Jace, es tut mir leid ...“

„Kein Problem“, sagte er und ging ins Bad. „Ich bin es gewohnt, ungerechtfertigt verdächtigt zu werden.“

Dieser Satz traf mich mehr, als wenn er wütend geworden wäre.

Kurz bevor die Einzelstunde anfing, riefen meine Eltern an. Sie sagten, dass die Frist schneller abgelaufen sei als gedacht. Dieser Anruf machte mich so fertig, dass ich beschloss, das weitere Nachmittagsprogramm zu schwänzen und stattdessen an den Strand zu gehen. Schwimmen würde mich bestimmt beruhigen.

Das Meer glitzerte blau im Sonnenschein und ruhig plätscherten kleine Wellen an den Strand. Ich setzte mich ein wenig in den weichen Sand, schloss die Augen, während die Sonne auf mich herabschien, und dachte an meine Eltern, die jetzt wahrscheinlich ebenfalls melancholisch zu Hause saßen, an Brianna und Julian, die wirklich sehr süß zusammen waren, und an Jace. Ich war mir nicht sicher, ob ich auf ihn stand. Einerseits sprach irgendwie alles dafür, andererseits war diese *Liebe*, soweit man es als solche bezeichnen konnte, erstens unerwidert und zweitens konnte ich es mir nicht erlauben, dass wir wirklich zusammenkamen. Aber da ich für ihn nicht mehr als eine Freundin war, konnte ich diesen Gedanken sowieso vergessen.

Ich hatte keine Lust, in Selbstmitleid zu versinken, also stand ich auf, streifte meine Kleidung ab und watete langsam ins Meer. Das Wasser war schön kühl und ich schwamm ein Stück hinaus. Ich war schon ziemlich weit vom Ufer entfernt und konnte nicht mehr stehen, als ich plötzlich bemerkte, dass sich dunkle Gewitterwolken aufgetürmt hatten und es anfing zu regnen.

Ich verfluchte, dass ich den Wetterumschwung nicht schon längst bemerkt hatte, und versuchte zügig, wieder an Land zu schwimmen, aber die Wellen waren höher geworden und warfen mich immer wieder zurück.

Ich war eine gute Schwimmerin, doch meine Ausdauer war miserabel, sodass ich mich zwar verhältnismäßig schnell in Richtung Ufer bewegte, mir jedoch nach kurzer Zeit die Luft ausging. Da ich wusste, dass ich ertrinken würde, wenn ich nicht rechtzeitig an Land kam, biss ich die Zähne zusammen und schwamm weiter.

Inzwischen befand sich das Gewitter fast über mir, es regnete noch heftiger und Donner grollte. Es war nur noch eine Frage der Zeit, bis ein Blitz ins Meer einschlagen würde.

Auf einmal schluckte ich Wasser und fing fürchterlich an zu husten. Meine Schwimmbewegungen versiegten und ich versuchte verzweifelt, das Wasser aus meiner Lunge zu bekommen.

Plötzlich rauschte eine riesige Woge auf mich zu und ich wurde unter Wasser gedrückt. Das Donnergrollen und das Brechen der Wellen verstummten und es wurde totenstill. Ich schluckte noch mehr Wasser, bis es um mich herum schwarz wurde.

Als ich die Augen aufschlug, lag ich im Sand und jemand kauerte neben mir. Ich bäumte mich auf und hustete, bis das Meerwasser vollständig aus meinem Körper gepumpt war. Dann erst sah ich wieder klar und erkannte, wer mich gerettet hatte. Jace. Und neben ihm kauerten Brianna und Julian.

„Was ist passiert?", fragte ich leise.

„Du bist fast ertrunken", antwortete Brianna aufgeregt. „Jace hat dich aus dem Wasser gezogen."

Langsam stand ich auf und erkannte, dass Jace von Kopf bis Fuß durchnässt war. „Bitte", murmelte ich, „tut so was nie wieder! Keiner von euch."

In diesem Moment spürte ich einen stechenden Schmerz. Diesmal nicht nur in meinem Herzen, sondern überall. Ich schnappte nach Luft, krümmte mich zusammen und presste meine Hände gegen meinen Bauch. Brianna und Jace waren sofort neben mir, aber ich wich taumelnd zurück.

„Fasst mich nicht an!", keuchte ich und sah unmittelbar danach Jace' verletzten Blick.

„Sel, was ist los?", fragte Brianna ruhig.

Der Schmerz ließ nach und ich richtete mich wieder auf. Ohne auf ihre Frage einzugehen, sagte ich: „Ich meine das vollkommen ernst. Ich will, dass nie wieder jemand von euch sein Leben für mich riskiert."

Es war das erste Mal, dass Jace wirklich wütend wirkte. „Tut mir leid, Selina, wenn ich dir nicht immer alles recht machen kann", sagte er sarkastisch. „Nächstes Mal lasse ich dich einfach verrecken!"

Ich weiß im Nachhinein nicht warum, aber diese Worte ließen bei mir eine Sicherung durchbrennen. Ich fuhr herum und schrie: „Es wird kein nächstes Mal geben, Jace!" Ich atmete tief ein, versuchte mich zu beruhigen, schluckte und blickte nach oben, um nicht zu weinen. Es klappte nicht. Eine einsame Träne floss an meiner Wange hinab. „Ich bin unheilbar krank. Spätestens im Herbst bin ich tot."

Ich hatte noch nie zuvor vor anderen geweint, auch nicht, als der Arzt mir diese Diagnose offenbart hatte. Das war das erste Mal.

Ich biss die Zähne aufeinander und schluckte. Dann öffnete ich die Augen wieder. Brianna und Julian sahen mich mit fassungslosen, geschockten Gesichtern an. Als ich mich zu Jace umdrehte, entdeckte ich in seinem Gesicht das pure Entsetzen und er taumelte langsam von mir weg.

„Nein", stammelte er fassungslos. „Nein, das kann nicht sein!"

Und da wusste ich es. Er hatte sich in mich verliebt und ich mich in ihn.

„Es tut mir leid", flüsterte ich, dann drehte ich mich um und rannte davon. Das hier war mein schlimmster Albtraum. Ich hatte keine Angst vor dem Sterben. Sondern davor, die Menschen, die mich liebten, durch meinen Tod zu verletzen.

Kapitel 5

Ich weiß nicht mehr, wohin ich lief. Ich glaube, einfach nur weit weg vom Schloss. Tränen strömten mir über das Gesicht, nahmen mir die Sicht. Irgendwann stolperte ich und stand nicht mehr auf. Ich blieb einfach liegen und weinte so lange, bis keine Tränen mehr kamen.

Ich hatte mich schon lange mit dem Tod abgefunden. Als ich zwölf Jahre alt gewesen war, hatte ich die Diagnose bekommen. Uns wurde gesagt, ich hätte eine bösartige Blutkrankheit und vielleicht noch etwa zehn Jahre zu leben. Diese Zahl verringerte sich mit der Zeit, letztendlich sollte spätestens im Herbst alles vorbei sein, prognostizierten die Ärzte. Meine Eltern waren am Boden zerstört gewesen, meine Mutter hatte zu weinen angefangen und mein Vater hatte den Arzt fassungslos angestarrt. Ich war zuerst wie gelähmt gewesen, meine Adern vereist und die Luft abgeschnürt. Dann war ich aufgesprungen und aus der Praxis gestürmt.

Die Polizei fand mich abends in irgendeinem Wald. Ich wusste nicht, wie ich dorthin gekommen war, sprach nicht mehr und wurde krankgeschrieben. Etwa zehn Tage lang lag ich bewegungslos auf meinem Bett, aß fast nichts, redete kein Wort und starrte wie versteinert an die Decke.

In dieser Zeit beschloss ich, dass ich alleine sterben und möglichst wenige Menschen am Boden zerstört zurücklassen würde. Dass ich meinen Eltern den Schmerz nicht ersparen konnte, war von vornherein klar. Aber ich konnte um mich herum eine Mauer aufbauen, die andere Menschen von mir fernhielt. So schuf ich meine arrogante Maske. Ich verletzte meine ehemaligen Freundinnen so sehr, dass sie nicht traurig, sondern glücklich über das Ende unserer Freundschaft waren. Und dann zog ich mich immer mehr zurück, bis viele verges-

sen hatten, dass ich überhaupt existierte. In meiner selbst gewählten
Einsamkeit hatte ich viel Zeit, über das Sterben und den Tod nachzudenken. Und ich kam zu dem Schluss, dass meine Variante, wie
man mit dem Tod umgehen konnte, die beste war. Ich hatte zwar
nicht wirklich Spaß an meinem Leben, aber das war nebensächlich,
wenn man bedachte, dass ich dadurch niemanden verletzen würde,
wenn es so weit wäre.

Meine Eltern waren allerdings anderer Meinung. Sie versuchten
ständig, mich bei irgendwelchen Aktionen anzumelden, aber sie
hatten keinen Erfolg. Schließlich – es war das einzige Mal, dass sie
sich durchsetzten – gingen sie sogar so weit, mich kurz vor meinem
Tod für mehrere Wochen wegzuschicken, indem sie mich ohne mein
Wissen bei diesem Musikworkshop anmeldeten. Und das würde ich
ihnen nie verzeihen.

Irgendwann hatte ich mich wieder beruhigt und stand auf. Es war
dunkel, also musste es schon sehr spät sein.

Ich wankte mehr oder weniger zurück zum Schloss, schlich leise
über die Treppen und Flure und stand schließlich vor meiner Zimmertür. Wie würde Brianna reagieren?

Ich atmete tief durch und öffnete die Tür.

Meine Zimmergenossin und Julian saßen auf ihrem Bett und umarmten sich. Ich sah, dass Brianna weinte, während Julian leise auf
sie einredete.

„Ich will nicht, dass sie stirbt!", schluchzte sie. „Sie ist die einzige
wirkliche Freundin, die ich je hatte. Sie hat das alles nicht verdient!"

Bei diesen Sätzen traten mir Tränen in die Augen, aber ich wischte sie entschlossen weg und setzte mich neben die beiden auf das
Bett. Als sie aufblickten, sah ich ihre Augen. Sie waren leer und
voller Traurigkeit.

„Hey", sagte ich, nahm Briannas Hand und drückte sie. „Nicht
weinen. Das zerstört mein humorvolles Image." Manche Witze sind
so schlecht, dass sie schon wieder lustig sind. Ich glaube, das war der
einzige Grund, weshalb sie lachte.

„Oh, Sel", seufzte sie leise und unglaublich traurig. „Warum gerade du?" Diese Frage konnte ich ihr nicht beantworten. Also saßen wir einfach still nebeneinander, umarmten uns und hielten uns an den Händen. Aber ich traute mich nicht, nach Jace zu fragen.

Er erschien am nächsten Tag nicht, war einfach verschwunden und keiner hatte ihn gesehen. Ich hatte eine dunkle Ahnung, wo er war, deshalb schwänzte ich den Musikunterricht und lief stattdessen an den Strand. Schon von Weitem erkannte ich, dass er auf unserem kleinen Sandhügel saß. Die Beine angezogen, den Blick starr aufs Meer gerichtet.

Er hatte für mich seine größte Angst überwunden und war hinausgeschwommen, um mich zu retten. Als Dank hatte er erfahren, dass ich zum Sterben verurteilt war. Vielleicht war es an der Zeit, dass auch ich meine Angst überwand.

Ich setzte mich wortlos neben ihn, er sah nicht einmal auf.

Wir starrten einige Zeit schweigend auf den glitzernden Ozean hinaus, bis er schließlich anfing zu reden. „Ich weiß, dass es zu spät ist. Du hast höchstens drei oder vier Monate, bis du stirbst, und dann wirst du weg sein. Aber lass uns die verbleibende Zeit gemeinsam genießen, Selina. Denn ich liebe dich mehr als alles andere auf dieser Welt." Abrupt drehte er sich zu mir um, und weil er Jace war, küsste er mich nicht, sondern sagte: „Aufgrund dieses Satzes werde ich in die Geschichte eingehen als größter Kitschonkel aller Zeiten!"

Ich lächelte. Und wir küssten uns.

Die Tatsache, dass ich jetzt mit Jace zusammen war, änderte nichts daran, dass wir beide durchaus wussten, dass uns die Zeit davonlief. Der Workshop dauerte schon länger als vier Wochen, sodass die Hälfte längst überschritten war. Wie es danach weitergehen würde, wusste ich nicht. Das würden die Ärzte entscheiden müssen. Also verbrachten wir jede freie Minute miteinander.

Unser Stück kam gut voran, wir hatten den Text und die Melodie geschrieben und mussten es nur noch einstudieren. Auch die Musikproben liefen ausgezeichnet, alle sangen ihre Soli und Duette fehlerfrei, niemand verpasste seine Einsätze oder lief von der falschen Seite auf die Bühne.

Allerdings war mein Verhältnis zu Julian, Brianna und Jace anders geworden, seit sie wussten, dass ich bald sterben würde. Julian ignorierte diese Tatsache vollkommen. Er tat, als würde alles gut werden, und sprach das Thema nie wieder an. Bei Brianna wechselten sich schlechte Witze über den Tod und plötzliche Heulkrämpfe ab. Sie tat mir leid – jetzt war es schon so weit gekommen, dass ich, die bald sterben würde, andere deswegen trösten musste –, aber ich konnte ihr nicht helfen, da Beteuerungen wie „Alles wird gut" eine Lüge waren.

Aber bei Jace war es am schlimmsten. Anfangs versuchte er, seine wahren Gefühle mit Witzen und arroganten Kommentaren zu überspielen, aber ich wusste, dass mein Bekenntnis ihn tief getroffen hatte, dass eine große Narbe zurückbleiben würde. Sehr selten ließ er seine Maske fallen, und das auch nur, wenn wir alleine waren. Ich konnte es nicht ertragen, ihn leiden zu sehen, wie er zusammengekauert im Sand hockte und ihm Tränen über die Wangen rannen.

Jace – arrogant, witzig, charmant, gut aussehend, sexy. Und am Boden zerstört, weil ihn jemand verletzt hatte. Und dieser Jemand war ich.

Während der Proben, oder wenn andere dabei waren, hielt er seine Fassade erstaunlich gut aufrecht. Nicht einmal Brianna oder Julian merkten, wie es wirklich um ihn stand, und Jace war zu stolz, um sich ihnen anzuvertrauen. Er war jemand, der seine wahren Gefühle normalerweise hinter sarkastischen Bemerkungen oder arroganten Kommentaren versteckte, und nur diejenigen, die ihn ausgezeichnet kannten, verstanden, dass sein Selbstvertrauen und seine Überheblichkeit nur gespielt waren. Hinter der Fassade verbargen sich Selbstzweifel und Selbsthass, die er nicht einmal mit mir teilte.

Etwa zwei oder drei Tage nachdem wir zusammengekommen waren, saßen Jace und ich am Strand und ich fragte ihn etwas, was mich schon länger beschäftigt hatte. „Als ich dich gefragt habe, was ein unschuldiges Kind dafür könne, dass es eine unheilbare Krankheit hätte, hast du geantwortet: *Vielleicht hat es in seinem vorigen Leben etwas Unverzeihliches gemacht.* Wie meinst du das?"

Jace antwortete nicht sofort, sondern beobachtete schweigend ein

Insekt, das langsam durch den Sand krabbelte. „Ich weiß es nicht. Irgendwie habe ich den Glauben an das Gute im Leben verloren."

Er hielt kurz inne. „Hast du Angst vor dem Tod?" Das war eine der Fragen, anhand deren man erkennen konnte, wie tief Jace mein Todesurteil wirklich getroffen hatte.

Ich nahm seine Hand und dachte einige Augenblicke nach. „Niemand weiß, was nach dem Tod mit uns passiert. Vielleicht leben wir weiter, werden wiedergeboren oder sind einfach nur tot. Ich weiß nicht genau, ob ich Angst davor habe. Ich kann mir ein Leben ohne mich nicht vorstellen, aber wirklich Angst habe ich nicht. Abgesehen davon, dass Menschen verletzt zurückbleiben. Wir sind nicht wichtig für das Universum, wir sind unnötige Lebewesen, die ihren Planeten irgendwann selbst zerstören werden. Wir sind nur wichtig für gewisse Personen, die uns lieben, aber im Vergleich mit den unerschöpflichen Weiten des Universums ist das irrelevant. Doch das kann und will der Mensch sich nicht eingestehen, da er sonst nicht existenzfähig ist. Wir versuchen, unser Leben perfekt zu machen und irgendetwas zu erreichen, weil wir nicht damit klarkommen, dass wir unwichtig sind und nach dem Tod alles vorbei ist. An Caesar und Napoleon erinnern wir uns jetzt zwar alle noch, aber irgendwann wird die Rasse der Menschen aussterben und danach ist es unwichtig, was einzelne Personen erreicht haben. Aber ohne einen Sinn ist unser Leben wertlos, deshalb haben wir keine andere Wahl, als uns einzureden, wir seien in irgendeiner Weise für das Gesamtkonzept des Universums wichtig oder es würde nach dem Tod noch etwas kommen. Wenn ich bald sterbe, werde ich zwar in den Erinnerungen einiger Menschen weiterleben, sofern man in dieser Beziehung von leben sprechen kann, aber wenn jene ebenfalls verstorben sind, wird sich niemand mehr an mich erinnern. Ich werde dann nur noch eine von Tausenden auf einem Friedhof sein. Wir sind also vielleicht für die Menschen, die uns lieben, wichtig, aber das Universum ist unendlich groß und unsere Existenz völlig unwichtig. Die Menschen haben Angst vor dem Tod, weil sie nicht wahrhaben wollen, dass danach alles vorbei ist und ihr ganzes Leben umsonst war."

„Ich liebe deine motivierenden Reden", bekannte Jace trocken und schwieg einen Moment. „Aber ich denke schon, dass jede Seele weiterlebt."

„Bist du denn getauft?", fragte ich.

Jace nickte. „Ja, ich bin getauft und konfirmiert, aber meine Mum hat mich eher buddhistisch erzogen. Deshalb würde ich sagen, ich bin eine Mischung aus Protestant und Buddhist. Buddhestant."

„Und an was genau glaubst du?"

Jace dachte einen Augenblick nach, bevor er antwortete. „Ich denke, dass Buddha mit seinen Weisheiten schon richtig gelegen hat, andererseits glaube ich auch an einen Gott, der vom Himmel aus über uns wacht."

„Und was ist mit dem Leben nach dem Tod?"

Er zuckte mit den Schultern. „Wiedergeburt ist eine schöne Vorstellung, aber dass die Seelen weiterleben, klingt für mich einleuchtender." Für einen kurzen Moment trat Stille ein, schließlich fragte Jace leise: „Was passiert, wenn der Workshop zu Ende ist?"

„Ich werde höchstwahrscheinlich mein restliches Leben in irgendwelchen Kliniken verbringen, wo die Ärzte versuchen werden, meine Zeit auf Erden zu verlängern. Und was hast du so geplant?"

Jace sah mich wütend an. „Selina, das ist nicht witzig!"

„Jace", sagte ich leise, „was erwartest du? Das Leben ist grausam, das weiß ich schon lange. Soll ich lieber in Selbstmitleid versinken und rumheulen, wie fies, gemein und ungerecht das alles ist?"

„Das weiß ich selbst", antwortete er bitter. „Deshalb frage ich mich in letzter Zeit sehr oft, worin der Sinn in meinem Leben liegt …"

Ich sprang abrupt auf. „Nein! Das kommt nicht infrage!"

„Aber …", versuchte er, etwas zu entgegnen, doch ich unterbrach ihn.

„Jace, Selbstmord ist dumm und egoistisch!"

„Du hast also noch nie darüber nachgedacht?", fragte er ironisch und zog die Augenbrauen hoch.

„Doch", erwiderte ich kühl. „Du kannst dir dieses Gefühl nicht vorstellen, wenn ein Arzt vor dir steht und mit mitleidigem Blick sagt, dass du bald sterben wirst. Ich habe über nichts anderes mehr nachgedacht, aber es ist egoistisch. Ich könnte das meinen Eltern nicht antun.“

„Tja, das ist bei mir etwas anderes“, meinte er hart. „Mich würde niemand vermissen.“

„Doch!“, antwortete ich bestimmt. „Außerdem passen solche Sprüche nicht zu deinem arroganten Image!“

„Ich habe kein arrogantes Image“, murmelte Jace leise. „Genauso wenig wie Selbstvertrauen. Das ist alles nur gespielt.“

„Ich weiß“, flüsterte ich und lehnte mich an ihn.

Er nahm mich in den Arm und so standen wir einige Zeit eng ineinanderverschlungen am Strand.

Jace und ich redeten nie wieder darüber, aber seine Selbstzweifel und sein Selbsthass hatten schon lange tief in ihm gesessen. Seit er verzweifelt dabei zusehen musste, wie seine Eltern vor seinen Augen gestorben waren, und er nichts dagegen hatte tun können.

Seit ich James-Bond-Brad eine Abfuhr verpasst hatte, waren wir uns nicht mehr oft begegnet, und wenn, dann hatten wir uns gegenseitig ignoriert. Aber als es öffentlich wurde, dass ich nun mit Jace zusammen war, entdeckte ich ihn öfter mit einigen seiner Kumpels in meiner Nähe, von wo aus er mich mit bösen Blicken bombardierte.

Ich hatte das Gefühl, er wollte einen Augenblick abpassen, in dem ich alleine war. Ich erzählte Jace jedoch nichts von meinem Verdacht. Vielleicht war es nur Einbildung.

Eines Morgens, während Jace und ich auf dem Weg zum Frühstück waren, kamen uns Brad und seine *ach so coolen Jungs* entgegen – sie sahen tatsächlich alle aus wie eine schlechte James-Bond-Imitation mit ihrer feinen Kleidung, es fehlte nur noch der Revolver. Sie waren zu fünft und stapften uns bedrohlich entgegen.

„Ich dachte schon, der Tag würde langweilig werden“, kommentierte Jace, „aber da kommen die Narren ja endlich!“

Ich lachte und schob meine Hand in seine.

Als Brad und seine *Bad Boys* uns erreicht hatten, blieben sie stehen und musterten uns spöttisch. „Oh, wie rührend!", sagte einer. „Ein junges Liebespaar!"

„Ja, du bist heute mal wieder ganz witzig", entgegnete Jace gelangweilt. „Könntet ihr jetzt bitte zur Seite gehen?"

Brad lachte. „Entschuldige, *Mister Perfect*, natürlich, auf der Stelle." Daraufhin bildeten die Jungen eine enge Gasse.

Jace ließ sich nichts anmerken, lächelte spöttisch und zog mich hinter sich hindurch. Als wir fast vorbei waren, schubste mich plötzlich jemand, sodass ich hart auf den Boden prallte.

Jace fuhr sofort herum und fragte gefährlich ruhig: „Wer von euch war das?"

„Kannst du sie nicht mal selbst flachlegen?", fragte Brad mitleidig und die anderen lachten hämisch.

Jace reagierte blitzschnell. Er wirbelte herum und trat Brad mit voller Wucht in den Bauch, sodass er zu Boden ging. Keuchend lag er auf dem Gang und fluchte, während die anderen ihn geschockt umringten.

Ich stand auf und wollte langsam zu meinem Freund gehen, aber zwei von Brads Kumpels stellten sich drohend vor mich.

„Lasst mich durch!", verlangte ich ruhig.

Einer der beiden starrte mich wütend an, holte aus und wollte mir eine verpassen, aber plötzlich war Jace da und fing den Schlag ab. Er taumelte kurz und seine Wange glühte, doch dann schlug er zurück. Ich weiß nicht, wie man diesen Wahn nennt, bei dem einer so lange tritt und schlägt, bis sich der andere nicht mehr bewegt, aber in diesem Rauschzustand befand sich Jace. Er schlug immer weiter auf unsere Angreifer ein, auch als alle schon lange auf dem Boden lagen, und hörte erst auf, als ich mich schreiend dazwischenwarf. Dann erst wurde sein Blick wieder klar und er sah sich zutiefst geschockt und fassungslos um.

„Was habe ich getan?", flüsterte er und taumelte.

In diesem Moment bogen Miss Smith und irgendein anderer Lehrer um die Ecke, beide blieben wie angewurzelt stehen und betrachteten sprachlos und bestürzt die Szene. Ich sah zuerst ihre Blicke, dann den von Jace.

In diesem Augenblick wurde mir bewusst, dass er aus dem Workshop fliegen würde. Meinetwegen. Und ich fing an zu rennen.

Es war mir vollkommen bewusst, dass Jace es mir nicht verzeihen würde, wenn ich ihn jetzt im Stich ließ. Dass ich eine wichtige Augenzeugin war, die aussagen konnte, dass Brad und die anderen ihn provoziert und mich beleidigt hatten. Dann würde er vielleicht keine Anzeige bekommen. Aber ich rannte trotzdem weiter. Denn bei dem, was ich jetzt tun würde, durfte mich niemand beobachten.

Es klingelte zweimal, bis sie endlich abhoben. „Selina? Was ist los?"

„Mum und Dad", sagte ich ernst, „ihr müsst für mich etwas mit der Workshopleitung klären."

Es dauerte lange, bis ich ihnen alles berichtet hatte. Dass hier alles anders war als zu Hause und ich einen Freund hatte, den ich über alles liebte. Und dass dieser Mist gebaut hatte und es nur eine Lösung gab: Mrs Dale zu erpressen, indem man ihr androhte, dass auch ich ginge, wenn sie Jace rausschmissen. Ich wusste, dass ich ein unglaubliches musikalisches Talent war und der Workshop groß rauskommen würde, wenn ich den Talentwettbewerb gewinnen würde.

„Selina", sagte mein Vater ernst, „das können wir nicht machen. Es tut uns leid, aber das geht zu weit."

Ich wusste, dass es fies war, aber ich hatte keine andere Wahl. „In ein paar Monaten bin ich tot, dann werdet ihr so etwas nie wieder tun müssen", antwortete ich ruhig. „Bitte." Es war das erste Mal seit Jahren, dass ich sie um etwas gebeten hatte. Aber ich spürte, dass sie immer noch nicht überzeugt waren. Es gab wohl keine andere Lösung. „Mum, Dad", sagte ich langsam und ich spürte, wie sie aufhorchten, „wenn ihr das für mich tut, gehe ich nach dem Workshop in Behandlung."

Ich konnte mir bildlich vorstellen, wie meine Mutter die Hände vor den Mund schlug und meinem Vater die Tränen in die Augen traten.

„Na schön", sagte er mit belegter Stimme, „wir regeln das für diesen Jason!"

„Danke", sagte ich und legte auf.

Der Preis für Jace' Tat war hart: Ich würde mich in Behandlung begeben müssen.

Ich hatte eine solche aus Prinzip von Anfang an abgelehnt. Es gab gegen meine Krankheit keine Heilung und die Behandlung würde meinen Tod nur einige Zeit hinauszögern. Sie war schmerzvoll und kostspielig, deshalb sah ich nicht ein, weshalb meine Eltern ihr halbes Vermögen opfern sollten, nur damit das Unvermeidbare hinausgezögert wurde. Ich würde so oder so sterben. Als ob es auf ein weiteres Jahr ankäme.

Meine Eltern hatten mir Hunderte Male versichert, dass sie lieber ein Jahr mehr mit mir verbrachten und dafür pleite waren als andersherum. Und ich wusste, dass sie nicht gelogen hatten. Trotzdem hatte ich nie nachgegeben. Bis jetzt.

Als ich das Schloss erreichte, erwartete mich Brianna schon. „Hast du das mit Jace mitbekommen?", fragte sie beunruhigt.

Ich rollte mit den Augen. „Was meinst du, was der Grund dafür war?" Brianna riss ihre Augen auf und wollte anfangen, Fragen zu stellen, aber ich schüttelte den Kopf. „Keine Zeit. Wo sind sie?"

„Im Büro der Workshopleitung", antwortete sie und wollte noch etwas hinzufügen, aber ich war schon losgerannt.

Als ich vor Mrs Dales Zimmer ankam, machte ich kurz halt, um wieder zu Atem zu kommen, dann riss ich die Tür auf. Es war nicht die ganze Lehrerschaft versammelt, so wie ich es erwartet hatte. In ihrem Büro befanden sich nur Mrs Dale selbst, ein mir unbekannter Mann – ich vermutete, es war Jace' Einzellehrer – und mein Freund. Er saß aufrecht und mit seinem üblichen arroganten Gesichtsausdruck auf einem Stuhl, während Mr Unbekannt sich drohend vor ihm aufgebaut hatte und Mrs Dale, die Arme verschränkt, hinter ihrem Schreibtisch stand.

Als ich in das Zimmer hineinplatzte, wanderten alle Blicke zu mir. Die beiden Lehrer wirkten verwirrt, Jace ein wenig wütend. „Oh, Mylady lässt sich auch mal blicken!", kommentierte er mein Erscheinen sarkastisch.

Mrs Dale warf ihm einen vernichtenden Blick zu. „Jason, sei bitte still. Selina, könntest du kurz vor der Tür warten? Ich kümmere mich gleich um dein Anliegen."

„Nein!", widersprach ich bestimmt. „Ich habe etwas in dieser Angelegenheit zu sagen."

Die Leiterin runzelte die Stirn, sagte aber dann: „Nun gut. Was ist los?"

Was hatte ich gesagt? Sie ließ mir alles durchgehen.

„Sie werden Jace nicht des Workshops verweisen!", stellte ich sachlich fest. „Wenn er geht, werde auch ich gehen."

Wie um meine Worte zu unterstützen, klingelte in diesem Moment das Telefon. Alle starrten mich erschüttert an.

„Selina", antwortete Mrs Dale heiser, „das ist Erpressung!"

Ich zuckte mit den Schultern und deutete auf das Telefon. „Das sind meine Eltern. Sie werden meine Worte bestätigen."

Jace stand auf und nahm meine Hand, wobei er mir nicht in die Augen sah. „Ich wünsche Ihnen noch einen wunderschönen Tag", meinte er ironisch. „Lassen Sie mir Ihren Beschluss zukommen, ich wohne in Zimmer 19." Damit drehte er sich um und wir verschwanden aus Mrs Dales Büro.

Sobald wir den Raum verlassen hatten, ließ Jace meine Hand los und wir liefen schweigend nebeneinander zu seinem Zimmer. Er schloss die Tür hinter uns und ich setzte mich auf sein Bett, während er sich mit dem Rücken zu mir ans Fenster stellte.

„Es tut mir leid, dass ich abgehauen bin", sagte ich leise. „Ich habe mit meinen Eltern gesprochen."

„Um Mrs Dale zu erpressen", stellte er fest.

Wir schwiegen.

Schließlich sagte er: „Du kannst das nicht mehr rückgängig machen, oder?"

„Nein", antwortete ich. Ich hatte eine solche Reaktion erwartet. „Jace", sagte ich leise, „damit meine Eltern hier anrufen, musste ich ihnen versprechen, dass ich mich in Behandlung begeben werde."

Er fuhr herum. „Das ist nicht dein Ernst!"

Ich zuckte mit den Schultern. „Doch."

Jace seufzte gequält. „Warum kann man dir nie böse sein?"

Ich lächelte traurig. Ich wusste, dass er es mir übel genommen hatte, dass ich einfach abgehauen war und danach auch noch die Workshopleitung bestochen hatte. Jace war zu stolz, um das anzunehmen. Aber wir hatten schon einmal über die Behandlung gesprochen und er wusste, was für eine Überwindung es mich gekostet haben musste, meinen Eltern diesen Wunsch zu erfüllen. Jace selbst war mir wie alle bei diesem Thema natürlich auch in den Rücken gefallen.

Kurze Zeit später klopfte es plötzlich und Mrs Dale höchstpersönlich trat ein. „Jason", sagte sie ernst, „wir haben beschlossen, Gnade vor Recht ergehen zu lassen. Augenzeugenberichten haben wir entnommen, dass Brad angefangen hat, dich zu provozieren und dich, Selina", sie nickte mir zu, „zu beleidigen. Aber", nun sah sie ihn streng an, „du bist auf Bewährung, erlaube dir also keinen Fehltritt mehr!"

Jace erwiderte ihren Blick todernst. „Selbstverständlich nicht, Mrs Dale."

Ich vertuschte mein Lachen mit einem Hustenanfall.

Mrs Dale nickte uns ein letztes Mal zu, dann verließ sie den Raum.

Der Workshop neigte sich dem Ende zu. Bei den Musikproben übten wir jetzt mit Bühnenbild, Beleuchtung und allem Drum und Dran. Auch mit Jace machte ich enorme Fortschritte. Wir beherrschten unseren Song nahezu perfekt und unsere Stimmen passten ausgezeichnet zueinander.

Am großen Tag sollte jeder in verschiedenen Kategorien bewertet werden. Zuerst wurden die Fortschritte im Einzel- und Theorieunterricht überprüft, dann wurden die Stücke mit den verschiedenen Schwerpunkten aufgeführt: Klassik, Pop und Musical. Abgesehen von den Lehrern schauten sich auch die anderen Schüler die jeweilige Aufführung an. Zu guter Letzt führten die Gruppen ihre selbst geschriebenen Songs vor, ebenfalls vor den Lehrern und allen anderen Workshopteilnehmern. In jeder Kategorie wurden Punkte vergeben und wer am Ende insgesamt die höchste Punktzahl hatte, würde gewinnen.

Zwei Tage bevor die Talentshow begann – sie würde sich über zwei Tage erstrecken, am ersten fanden die Aufführungen statt, am zweiten wurden die Songwriting-Projekte vorgestellt –, fingen Julian, Brianna und Jace an, nervös zu werden. Julian wurde noch stiller als gewöhnlich und Brianna redete von nichts anderem mehr als von ihrem großen Auftritt. Jace versuchte sich seine Nervosität nicht allzu sehr anmerken zu lassen, doch er machte noch mehr sarkastische Kommentare als gewöhnlich.

In Jace' Abwesenheit hatte ich mit meinen Freunden über dessen finanzielle Probleme gesprochen und wir drei waren uns einig, dass er den ersten Platz am meisten verdient hatte.

Brianna sah mich ernst an. „Sel, ist dir bewusst, dass du mit sehr hoher Wahrscheinlichkeit gewinnen wirst?"

Ich ließ meinen Blick in die Ferne schweifen. „Und davor habe ich Angst. Dass er neidisch ist und nach dem Wettbewerb alles anders ist."

Weil wir die Generalprobe schon hinter uns gebracht hatten, hatten wir am letzten Tag vor der Aufführung frei. Wir beschlossen spontan, einen Ausflug zum nahegelegenen Freizeitpark zu machen, bestellten uns ein Taxi und waren nach einer knappen Stunde Fahrt dort angelangt.

Der Park war nicht sehr groß, aber trotzdem bombastisch. Es gab keine Kleinkindattraktionen wie Karussells oder dergleichen, sondern meterhohe und extrem steile Achterbahnen, Türme, von denen man mit über 90 Kilometer pro Stunde in die Tiefe stürzte, und Loopinggeräte, die sich in einer Höhe von über 60 Metern überschlugen, drehten und wendeten.

Wir probierten all diese Attraktionen aus, besuchten ein Gruselkabinett und setzten uns schließlich erschöpft in ein Restaurant, um etwas zu essen. Dort überredete Jace mich, mit ihm das 4-D-Kino zu besuchen, während Brianna und Julian eine romantische Fahrt mit dem Riesenrad machen wollten. Da ich auf Letzteres absolut keine Lust hatte, willigte ich ein und machte mich mit meinem Freund auf den Weg.

Weil wir einen normalen Werktag hatten, war die Schlange nicht sehr lang und wir kamen verhältnismäßig schnell ins Kino hinein. Erst drin erfuhr ich, was für ein Film laufen sollte: die Tragödie um ein Mädchen, das Leukämie hatte und sich unsterblich verliebte.

Jace sah mich, als er den Titel hörte, merkwürdig an, aber weil der Tag einer der besten in meinem Leben war und ich ihn nicht versauen wollte, lächelte ich und tat so, als ob nichts wäre.

Schon den Anfang hasste ich. Das Mädchen erzählte vom ach so tollen Leben, dass es sein Schicksal akzeptiert hätte und das Beste daraus machen wolle. Da konnte sich jemand wohl nicht mit der Realität abfinden und baute sich eine Illusion auf. Als die Krebspatientin dann den Jungen kennenlernte, erzählte sie ihm sofort von ihrer Krankheit und wie glücklich sie sei, dass die Welt doch nicht *sooo* schlecht wäre.

Beim ersten Kuss verließ ich das Kino. Ich wusste genau, wie es ausgehen würde: Sie würden sich verlieben, zusammenkommen, Sex haben, dann würde sie sterben und ihn zurücklassen. Mit gebrochenem Herzen.

Und genau das war der Grund, weshalb ich diese Krebsgeschichten hasste: Am Ende blieb jemand zurück, der am Boden zerstört um das Opfer trauerte. Und dieser Albtraum wurde mir jeden Tag aufs Neue bewusst, und zwar in meinem Leben, nicht in dem irgendwelcher ausgedachter Personen. Warum genau sollte ich mir das dann auf der Leinwand angucken?

Ich verließ also mit Tränen in den Augen das Kino und brach auf einer Bank davor zusammen. Jace folgte mir natürlich auf der Stelle, setzte sich neben mich und nahm mich schweigend in den Arm. Ich weinte ein wenig, dann befreite ich mich aus seiner Umarmung. „Warum musstest du unbedingt diesen Film sehen?", flüsterte ich. „Er hat den ganzen Tag kaputt gemacht!"

„Das stimmt nicht", entgegnete Jace ruhig. „Dieser Tag mit dir war der beste, den ich je hatte. Ich liebe dich, Selina. Mehr als alles andere auf dieser Welt."

„Und genau das ist das Problem!“, schrie ich. „Bald bin ich tot und dann hast du niemanden mehr! Ich werde dich verletzen und es wird genauso schlimm wie damals, als deine Eltern gestorben sind. Ich bin dann einfach weg, Jace, und du bleibst allein zurück.“

Ich sah, wie sein Gesicht aschfahl wurde, sein Blick sich verschleierte, Tränen in seine Augen traten. Und ich wusste, dass ich recht hatte.

Dann versank alles in Finsternis und ich wurde bewusstlos.

Kapitel 6

Als ich aufwachte, lag ich auf hartem Untergrund. Ich schlug die Augen auf und das Erste, was ich sah, war Briannas besorgtes Gesicht. „Sie ist wach!", quietschte sie.

Als die Welt aufhörte sich zu drehen, setzte ich mich langsam auf. Ich lag auf einer Bank im Freizeitpark, um mich herum standen Brianna, Julian und in einiger Entfernung und mit dem Rücken zu mir Jace.

„Was ist passiert?", fragte Julian leise und warf einen vielsagenden Blick in Richtung Jace. „Er ist plötzlich aufgetaucht und hat uns hierher geschleppt, ohne etwas zu erklären."

Ich massierte mir die Schläfen. „Kleine Nebenwirkung von unheilbaren Krankheiten", antwortete ich. „Jace und ich ... hatten eine Auseinandersetzung."

„Aha." Julian sah mich zweifelnd an.

Dann fragte Brianna: „Sollen wir fahren? Julian hat schon ein Taxi bestellt."

„Ja", nickte ich und stand mehr oder weniger taumelnd auf. Brianna wollte mich stützen, aber ich schüttelte den Kopf. „Nein, passt schon."

In diesem Moment drehte sich Jace um, er würdigte mich keines Blickes. „Können wir?" Julian nickte und schweigend machten wir uns auf den Weg zum Taxi.

Auf der Rückfahrt setzte ich mich ans Fenster und lehnte meinen Kopf gegen die Scheibe. Das Glas war kühl und ich beruhigte mich langsam wieder. Ich wusste, dass ich uns den Tag versaut hatte.

Und dass ich manche Dinge nicht hätte aussprechen sollen. Aber das hätte an der Realität nichts geändert.

In letzter Zeit waren die Symptome meiner Krankheit schlimmer geworden und öfter aufgetreten. Es war nicht das erste Mal, dass ich während des Workshops umgekippt war, nur hatten es die anderen nicht mitbekommen. Ich wollte es ihnen nicht sagen, weil sie sich sonst nur noch mehr Soren um mich gemacht hätten. Aber ich merkte, dass ich in letzter Zeit immer schwächer geworden war.

Brianna fing an, mit Julian über irgendetwas zu diskutieren, und bald mischte sich auch der Taxifahrer ein. Jace und ich waren die Einzigen, die während der ganzen Fahrt schwiegen.

Als wir schließlich am Schloss ankamen, verließ Jace sofort den Wagen und verschwand. Julian warf mir einen nachdenklichen Blick zu. „Red mit ihm!"

„Nein", erwiderte ich. „Ich bin immer diejenige, die ihm hinterherrennt. Er wird schon zurückkommen."

Ich behielt recht. Nach etwa einer Stunde trat er, ohne anzuklopfen, in mein Zimmer und sah mir eindringlich in die Augen. „Wir müssen reden."

„Tatsächlich?", fragte ich ironisch. „Wie kommst du denn darauf?"

Jace ignorierte meinen Kommentar, schnappte sich einen Stuhl und setzte sich wie üblich falsch herum darauf. „Du hast recht", sagte er ernst. „Mit dem, was du vorhin gesagt hast. Du wirst mir das Herz brechen, sterben und ich werde allein zurückbleiben. Aber das ist es mir wert."

„Bitte was?", fragte ich entgeistert.

„Ich weiß, wovon ich spreche", entgegnete er ruhig. „Ich habe das alles schon einmal durchgemacht. Also denk nicht, du hättest mehr Ahnung von Schmerz als ich. Ich weiß genau, was nach deinem Tod mit mir passiert. Ich werde es erst nicht wahrhaben wollen und jede Sekunde erwarten, dass du gleich mit deinem umwerfenden Lächeln hereinstürmst. Danach wird sich eine unendliche Leere in mir ausbreiten, ich werde weder wirklich essen noch schlafen können, sondern dich nur unendlich vermissen. Schließlich werde ich lernen müssen, mit dem Verlust umzugehen, und vielleicht wird es mir sogar irgendwann gelingen. Aber die Welt ohne dich wird nie wieder dieselbe sein. Ich liebe dich, Selina. Du bist mein Leben. Ich hätte nie gedacht, dass ich jemals jemanden so lieben könnte, aber es ist passiert. Und dafür bin ich Gott oder Buddha oder wem auch immer da oben sehr dankbar. Ich weiß, dass jetzt theoretisch der Satz kommen sollte, in dem ich offenbare, dass ich ohne dich nicht leben kann." Er schluckte. „Aber das werde ich nicht sagen. Denn ich würde dich niemals enttäuschen und die Gewissheit, dass ich mir nach deinem Tod das Leben nehme, würde dich zutiefst verletzen. Ich liebe dich, Selina."

„Oh mein Gott, Jace", flüsterte ich.

Er nickte. „Endlich mal jemand, der mein wahres Ich erkennt. Du kannst aber den Kniefallteil weglassen."

Er schaffte es tatsächlich immer wieder, romantische Situationen zu zerstören und mich mit schlechten Witzen zum Lachen zu bringen.

Am nächsten Tag fanden die Aufführungen statt. Zuerst war Musical dran, danach Pop und zu guter Letzt Klassik.

Brianna sang beim Musical mit, sie hatte zwar keine Hauptrolle, aber ein kurzes Solostück. Ihre Stimme war klar und ausdrucksstark, allerdings war die männliche Hauptrolle um Längen besser. Die Handlung war frei erfunden, es ging um Schule, Freundschaft und Liebe. Das Ende war natürlich wundervoll, jeder kam mit seinem Schwarm zusammen. Kurz gesagt: Es war alles ziemlich unrealistisch. Die Sänger waren gut bis talentiert, nur die weibliche Hauptrolle war verhältnismäßig schwach. Das Bühnenbild war sehr bunt, blinkend und ausgefallen. Alle bekamen großen Applaus und nach einer kurzen Pause war die Popaufführung dran.

Darin ging es weder um Liebe noch um sonst etwas dieser Art, die Darbietung glich eher einem Musikvideo mit mehreren Darstellern und Sängern. Jeder hatte einen Auftritt und die Songs handelten von Themen, die von den anderen währenddessen nachgespielt wurden. Merkwürdigerweise hatte Jace keinen Soloauftritt, er begleitete nur andere Jugendliche im Hintergrund. Das war sehr seltsam, denn er hatte mir stolz von seinem Song erzählt.

Am Ende der Aufführung löste sich diese Unstimmigkeit auf: Mrs Drake erklärte, Jace würde am Schluss nach der Klassikaufführung noch etwas singen, da es eine kleine Panne gegeben hätte.

Beruhigt stand ich auf, um mich auf meinen Auftritt vorzubereiten. Ironischerweise wartete in der Umkleidekabine Alice auf mich, die den Auftrag hatte, mich zu schminken. Sie war jedoch sehr freundlich, entschuldigte sich für ihr Verhalten und gab ihr Bestes.

Schließlich war es so weit. Ich war nicht aufgeregt, da ich bei Weitem nicht zum ersten Mal auf der Bühne stand, im Gegenteil: Ich genoss es, im Rampenlicht zu stehen.

Julian war vor mir dran, er lächelte mir ein letztes Mal zu, dann trat er auf die Bühne. Ich wartete einige Augenblicke, dann folgte ich ihm.

Das Stück war umwerfend. Alle spielten ihre Rollen ausgezeichnet und es gab keine einzige Panne. Julian sang hervorragend, auch wenn meine Stimme die seine übertraf. Der Höhepunkt war fantastisch. Julian spielte unglaublich überzeugend und ich sang mein letztes Solo dramatisch und mit klarer Stimme. Dann starb ich.

Nachdem das Stück beendet war und wir alle erneut auf die Bühne mussten, suchte ich das Publikum vergeblich nach Jace ab. Ich hatte ihn schon während der Aufführung nicht gesehen und war trotz des nicht enden wollenden Applauses enttäuscht. Ich wusste selbst, dass ich singen konnte und Talent hatte. Und auch Jace wusste es. Aber er war trotzdem einfach spurlos verschwunden.

Als sich alle wieder beruhigt hatten, bat Mrs Dale uns, wieder im Publikum Platz zu nehmen.

Julian neben mir runzelte die Stirn. „Was kommt denn jetzt noch?“, fragte er verwirrt.

Ich zuckte mit den Schultern und setzte mich neben ihn und Brianna.

„Ihr wart unglaublich!“, begann Mrs Dale. „Ein riesiges Lob gebührt euch allen. Und doch gibt es jemanden, der seinen Auftritt noch nicht hatte. Er bat mich, diesen ganz zum Schluss nachholen zu dürfen.“ Sie machte eine Pause und ich setzte mich aufrechter hin. „Einen herzlichen Applaus für Jason!“

Alle fingen laut an zu klatschen – vor allem die Mädchen –, abgesehen von mir. Ich starrte nur erwartungsvoll und ein wenig verwirrt auf die Bühne. Als er ins Rampenlicht trat, wurde es augenblicklich totenstill. Ich hörte undeutlich im Hintergrund, wie einige scharf die Luft einsogen und irgendjemand „Oh mein Gott!" rief. Aber eigentlich nahm ich nur Jace wahr, der umwerfend aussah.

Er trug eine schwarze Hose, ein enges weißes Hemd und die dunklen Haare waren verwuschelt wie immer. Seine intensiven Augen wurden von dunklen Wimpern umrahmt und seine Haut war makellos und braun gebrannt.

„Er sieht perfekt aus", flüsterte Brianna andächtig, lächelte mich jedoch sofort entschuldigend an. „Sorry, dein Freund!"

Jace strahlte das Publikum gewinnend an. „Ich hoffe, es ist niemand aufgrund meiner Schönheit in Ohnmacht gefallen."

Ich rollte mit den Augen, während einige Mädchen aufgeregt quietschten.

Prompt wurde er wieder ernst und setzte sich an den Flügel. Es wurde totenstill im Saal, sodass man eine Stecknadel zu Boden fallen gehört hätte. Dann fing Jace an zu singen und ich sah nur noch ihn, wie er in die Musik versunken am Flügel saß. Seine volle und einzigartige Stimme erfüllte den Saal und ich bekam eine Gänsehaut. Sein Gesicht entspannte sich vollkommen und er sah wunderschön aus. Wie ein Gott auf Erden.

Die Melodie war in Moll gehalten und sehr traurig, plötzlich konnte ich nicht umhin, auf den Text zu achten. Die große Liebe seines Lebens würde ihn verlassen und das brach ihm das Herz ... Er hatte diesen Song für mich geschrieben!

Tränen traten mir in die Augen und liefen lautlos meine Wangen hinunter, während ich stumm in der ersten Reihe vor der Bühne saß und Jace fassungslos anstarrte. Mein Herz zog sich zusammen, mir wurde es eng im Hals und es war, als würden alle anderen einfach verschwinden. Es gab nur noch mich und Jace.

Wie in Trance stand ich auf und stieg langsam die Stufen hinauf, bis ich schließlich auf der Bühne stand. Das grelle Scheinwerferlicht blendete mich und ich sah, dass auch Jace Tränen in den Augen standen, aber seine Stimme brach nicht ein einziges Mal. Er schaffte es, das Lied fest und sicher bis zum Ende zu singen. Dann stand er auf und fixierte mich gebannt. Wortlos standen wir dort oben und umarmten uns. Es war, als befänden wir uns in einer Glaskuppel und alles, was sich außerhalb abspielte, hörte man nur gedämpft.

„Ich liebe dich so sehr", flüsterte ich.

„Ich weiß", wisperte Jace mir ins Ohr. „Und ich danke Gott, dass er dich mir geschenkt hat."

Ich konnte nicht sprechen, drückte ihn stattdessen ganz fest an mich.

Als wir uns voneinander lösten, holten mich das Licht und der Lärm brutal in die Gegenwart zurück. Die grelle Beleuchtung stach in meinen Augen und ohrenbetäubender Applaus, Pfeifen und Trampeln erweckten den Anschein, der Saal würde explodieren.

In der ersten Reihe standen Brianna und Julian mit Tränen in den Augen und klatschten, neben ihnen Mrs Dale sowie die anderen Lehrer. Sie alle sahen zugleich traurig und begeistert zu uns auf.

In dem Moment wurde mir zum ersten Mal wirklich bewusst, dass es einen Grund zum Kämpfen gab. Das Leben war hart und unfair, aber es gab Menschen, die es lebenswert machten. Und diese Menschen waren es wert, dass man das Elend dieser Welt ertrug.

Kapitel 7

Am späten Nachmittag machten Jace und ich einen Strandspaziergang. Es war noch warm, obwohl die Sonne schon sehr tief stand, die Wellen umspülten unsere Füße und wir liefen Hand in Hand durch den weichen Sand.

„Der Song", sagte ich leise, „er war ... absolut perfekt."

„Manchmal drückt Musik mehr aus, als man in Worte fassen kann", erwiderte Jace nachdenklich. Ich antwortete nicht, sondern drückte stattdessen seine Hand. „Bald ist das alles hier vorbei", sagte er plötzlich. „Nicht nur der Workshop, sondern auch das mit uns."

„Wir haben noch ein bisschen Zeit", erwiderte ich. „Ich werde die Behandlung machen, dann wird mein Körper schon noch ein wenig durchhalten."

„Ein wenig", wiederholte er bitter. „Das heißt höchstens ein Jahr. Und selbst das ist unrealistisch. Früher oder später wirst du bestimmt einen Zusammenbruch oder so was erleiden."

„Sorry, aber so klischeehaft bin ich nun auch wieder nicht", unterbrach ich ihn.

Jace funkelte mich an. „Das ist nicht witzig!"

„Wenn man erst mal den Humor verloren hat, was bleibt dann?"

„Allen anderen bleiben die Menschen, die sie lieben", antwortete er todernst. „Aber mir nicht."

Als ich abends im Bett lag, dachte ich lange über unser Gespräch nach. Ich hatte mich schon lange mit dem Tod abgefunden und auch keine Angst mehr vor dem Sterben. Aber jetzt gab es Jace. Ich hatte ihn nicht verdient. Er sollte den Musikworkshop gewinnen, berühmt werden, eine Frau finden, die seine Liebe erwiderte, und mit ihr glücklich werden. Stattdessen liebte er ein Mädchen, das erstens bald sterben würde und ihm zweitens die Chance nahm, groß rauszukommen. Er hatte es nicht verdient, noch einmal so zu leiden wie damals. Manche sagten, dass Schlimmste an der Liebe sei, wenn sie nicht erwidert werde, aber ich war anderer Meinung. Das Schlimmste an der Liebe war, wenn der Mensch, den man über alles liebte, starb. Ohne dass man etwas dagegen tun konnte.

Am nächsten Tag fand der Wettbewerb statt und danach schließlich die Verkündung der Sieger. Jace und ich waren als Letzte dran, denn das Beste kam ja bekanntlich zum Schluss, deshalb verfolgten wir die Auftritte aller anderen. Es waren einige wirklich gute Künstler dabei. Beispielweise Zoe mit ihrer Popband, Brad war auch nicht schlecht, ebenso Brianna und Julian sowie ein paar andere.

Manche Gruppen standen vorne auf der Bühne und tanzten etwas vor, einige arbeiteten mit Effekten und wieder andere spielten ihren Song während der Performance nach.

Schließlich war es so weit: Wir waren endlich dran.

Das Dreierteam vor uns sang nicht schlecht, während Jace und ich bereits Hand in Hand hinter dem Vorhang standen und auf das Zeichen warteten.

„Wir schaffen das!", murmelte er, eher zu sich selbst.

„Oh, dem großen Jace kommen Zweifel", neckte ich ihn.

Er sah mich ernst an. „Das ist die Chance meines Lebens, um mein Dasein auf der Straße zu beenden."

Darauf antwortete ich nicht, denn ich brachte es nicht über mich, seine Illusionen zu zerstören.

In dem Moment verebbte der Applaus für unsere drei Vorgänger und Mrs Green kündigte an: „Einen herzlichen Applaus für Selina und Jason!"

Dann traten wir gemeinsam ins Rampenlicht.

Der Saal war voll besetzt, und sobald wir auf der Bühne standen, verdoppelte sich der Applaus.

Jace lächelte, hob die Hand und allmählich wurde es still. Er nahm seine Gitarre, während ich mich an den Flügel setzte, dann begannen wir mit dem Stück.

Unsere Stimmen tönten klar und voll durch den Saal, sie harmonierten perfekt miteinander und mit der instrumentalen Begleitung. Jace sang unglaublich gut, ebenso wie ich,

Als das Stück zu Ende war, rastete das Publikum aus. Alle sprangen auf, klatschten wie wild, pfiffen und schrien durcheinander. Jace nahm meine Hand, wir verbeugten uns mehrmals und schließlich konnte Mrs Dale die anderen Jugendlichen beruhigen.

„Eure Auftritte waren alle fantastisch", rief sie. „Vielen Dank! Im großen Saal steht ein Buffet bereit und nach dem Essen wird der Sieger verkündet."

Jace sah mich grinsend an, nahm meine Hand und wir schlenderten langsam in Richtung Speisesaal. Dort entdeckte ich sofort Brianna und Julian, die uns zwei Plätze freigehalten hatten. Wir steuerten mit den Tellern auf ihren Tisch zu.

„Ihr wart unglaublich gut!", begrüßte mich Brianna freudestrahlend. „Ihr werdet so was von gewinnen!"

„Es gibt nur einen Gewinner", dämpfte ich ihre Freude, sie sah mich mit gerunzelter Stirn an und nickte.

„Oh ja, das hatte ich ganz vergessen ..."

Ich rollte mit den Augen. Wie konnte man so etwas vergessen?

Jace nahm meine Hand. „Wärst du sehr traurig, wenn ich gewänne und du nur den zweiten Platz bekommst?"

„Nein", sagte ich und lächelte. Er würde früh genug erfahren, dass nicht er der Gewinner war.

Julian, Jace und Brianna plauderten ahnungslos weiter und ich merkte, dass ich wieder ein wenig melancholisch wurde. „Ich habe Kopfschmerzen", murmelte ich. „Ich leg mich nur kurz hin."

Ich wollte aufstehen, aber Jace hielt mich zurück. „Sicher, dass alles okay ist?"

Ich nickte und lächelte gezwungen. „Klar, ich bin gleich wieder da." Ein wenig verwirrt sah er mir hinterher.

Ich schloss die Tür hinter mir, legte mich aber nicht auf mein Bett, sondern ging ans Fenster und lehnte meine Stirn gegen die kühle Scheibe. Eigentlich hatte ich keinen Grund, schlecht drauf zu sein. Der Auftritt war wunderbar gewesen und gleich würde ich den Musikworkshop gewinnen.

Aber ich hatte Angst vor der Zukunft. Erstens davor, dass Jace neidisch wurde, denn er brauchte das Geld wirklich. Und zweitens wollte ich nicht, dass die Zeit hier vorbeiging und ich mich zu Hause in Behandlung begeben musste.

Plötzlich ging die Tür auf, aber ich drehte mich nicht um. Ich wusste, wer es war.

„Hey", sagte er und stellte sich neben mich.

„Hi", erwiderte ich. „Schon Selina-Entzugserscheinungen?"

Er grinste. Ich liebte es, wenn Jace über meine Witze lachte. „Selbstverständlich", sagte er lächelnd. „Selina, du musst dir keine Sorgen um mich machen", fügte er hinzu.

„Was meinst du?", fragte ich, obwohl ich es ganz genau wusste.

„Um mich, nachdem du gestorben bist", antwortete er. „Ich komme schon damit klar. Ich habe es einmal geschafft und ich werde es wieder schaffen." Leise setzte er hinzu: „Ich bin es nicht gewohnt, dass sich jemand Sorgen um mich macht. Als ich bei meinen Großeltern war ... das hat mich innerlich kaputt gemacht."

„Ich weiß", flüsterte ich und nahm seine Hand.

Jace schluckte und ich sah, wie in seinem sonst bewegungslosen Gesicht mehrere Muskeln zuckten, schließlich sprach er weiter. „Ich hasse mich selbst, Selina. Die Arroganz, die sarkastischen Kommentare, das ist alles nur gespielt, damit niemand merkt, wie es tief in mir drinnen aussieht." Er biss die Zähne aufeinander und atmete tief ein, bevor er fortfuhr. „Ich habe dich nicht verdient. Du bist so wunderschön und ich kann unmöglich alles aufzählen ... Oh Gott, Selina ... wenn du stirbst, würde ich mein Leiden als Bestrafung sehen. Dafür, dass du nicht mehr hattest als nur mich. Und jeden Tag erwarte ich, dass du das endlich erkennst und Schluss machst."

„Jace", murmelte ich. „Du bist so ..." Ich schwieg kurz, um mich zu sammeln, bevor ich den Satz beendete. „Du hast genau das ausgesprochen, was mir seit Tagen durch den Kopf geht."

Er runzelte die Stirn. „Mit dem Unterschied, dass ich im Recht bin."

Ich schüttelte den Kopf. „Nein", antwortete ich leise und presste meine Lippen auf seine, damit er mir nicht widersprechen konnte. Und das tat er nicht.

Schließlich war es so weit: die Verkündung der Sieger.

Mrs Dale und einige weitere Lehrer hatten sich auf der Bühne versammelt.

Sobald das Licht ausging, bis auf ein Scheinwerferlicht, das auf Mrs Dale gerichtet war, wurde es totenstill. Dann fing sie an zu sprechen. „Es werden drei Plätze vergeben, der erste bekommt den Hauptgewinn, der zweite und dritte je eine kleinere Geldsumme. Ich werde jetzt drei Personen aufrufen, die bitte nach vorne kommen." Sie machte eine kurze Sprechpause, in der der ganze Saal den Atem anhielt.

„Zoe!"

Freudestrahlend sprang die Aufgerufene auf und rannte beinahe zur Bühne. Sie wurde lächelnd von ihrer Einzellehrerin in Empfang genommen und alle fingen, wenn auch mit angespannten Gesichtern, an zu klatschen.

„Selina!"

Ich stand auf, zwang mich zu einem Lächeln und lief selbstbewusst nach vorne. Mrs Green drückte meine Hand und ich stellte mich neben Zoe, die mich überheblich von oben bis unten musterte. Von hier erkannte ich genau Jace, Brianna und Julian, die mir lächelnd zuwinkten. Aber ich entdeckte in ihren Augen noch etwas anderes als Freude.

Endlich wurde es wieder still. Ich atmete tief ein, presste die Zähne aufeinander und spannte meinen Körper an. Hoffentlich folgte nun Jace' Name.

„Jason!"

Ich atmete auf und blickte zu meinem Freund, der grinsend neben mich trat und meine Hand nahm. „Die Spannung steigt!", flüsterte er.

Ich nickte und zwang mich erneut zu einem Lächeln.

Mrs Dale sprach ein paar lobende Worte für alle Teilnehmer des

Workshops, dann kam sie endlich zum Punkt. „Beginnen wir wie üblich mit dem dritten Platz“, verkündete sie. „Dieser geht an ...“

Das Licht schwenkte durch den Saal und leise erklang dramatische Musik. Alle Blicke waren angespannt und erwartungsvoll auf die Bühne gerichtet.

„Zoe!“

Das Publikum fing an zu klatschen, ich jedoch sah die Enttäuschung und Wut in Zoes Gesicht darüber, dass es nur der dritte Platz geworden war. Mrs Dale überreichte ihr eine Urkunde und einen Scheck, dann wandte sie sich uns zu.

„Die Entscheidung war nicht einfach“, fing sie an. „Ihr habt alle unglaubliches Talent und wir dürfen uns glücklich schätzen, dass ihr an diesem Workshop teilgenommen habt.“

Obwohl ich nicht an Gott glaubte, betete ich in diesem Moment inständig darum, dass der erste Platz nicht an mich ging. Ich hätte nichts davon, außerdem verdiente Jace ihn deutlich mehr als ich. Er brauchte das Geld und die Chance, um ein erfolgreicher Musiker zu werden. Es war sein großer Traum, den er schon hatte, seit er ein kleiner Junge gewesen war. Und diesen Wunsch wollte ich ihm nicht zerstören.

„Den meisten von euch ging es wahrscheinlich eher um den Preis als um die Freude an der Musik oder darum, etwas zu lernen, als sie sich hier angemeldet haben“, sprach die Leiterin weiter. Ich wusste, dass ich eine Ausnahme war. Ich war nicht freiwillig hierhergekommen und am allerwenigsten wollte ich jemandem den ersten Platz wegnehmen, der diesen ausnahmslos verdient hatte. Ich war allein auf Wunsch meiner Eltern hier.

Mrs Dale hatte unterdessen weitergeredet, nun kam sie endlich zum Punkt. „Uns ist die Entscheidung sehr schwergefallen und doch mussten wir eine treffen“, schloss sie ihre Rede.

Der Scheinwerfer flackerte wieder durch den Saal, erneut ertönte dramatische Musik, alle hatten sich kerzengerade aufgesetzt und hingen gespannt an Mrs Dales Lippen.

„Der erste Platz geht an Selina!“

Ohrenbetäubender Applaus brach los, lauter noch als bei unserer

Theateraufführung. Die Jugendlichen standen auf, pfiffen, klatschten und schrien, was das Zeug hielt, aber ich blendete alles aus. Sah bloß wie erstarrt ins Leere.

Jace lächelte und klatschte, dann umarmte er mich. Aber ich hatte seinen Gesichtsausdruck gesehen, als Mrs Dale den Sieger verkündet hatte. Seine Miene war ihm zwar nur für den Bruchteil einer Sekunde entglitten, aber ich hatte sie bemerkt. Die tiefe Enttäuschung, die sich seiner bemächtigt hatte.

„Mrs Dale", sagte ich laut und alle Köpfe drehten sich überrascht zu mir.

Der Applaus verebbte langsam und die Workshopleiterin blickte mich erwartungsvoll an. „Ja, Selina?"

„Ich verzichte auf den ersten Platz", verkündete ich fest.

Augenblicklich wurde es absolut still. Entgeisterte, überraschte Blicke ruhten auf mir, aber ich schaute nur Mrs Dale an, mied Jace' Augen.

Sie runzelte die Stirn. „Aber ... das ist doch nicht möglich."

„Das ist es sehr wohl", erwiderte ich ruhig. „Ich verzichte auf den Preis und trete zurück."

„Das heißt, Jason wird ihn bekommen", murmelte sie perplex. „Aber, Selina, bist du ..."

„Ich bin mir absolut sicher", antwortete ich ruhig und bestimmt auf ihre unausgesprochene Frage. Dann drehte ich mich um und ging langsam von der Bühne. Der Weg bis zum Ausgang kam mir unendlich lang vor. Getuschel und verwirrte Blicke begleiteten mich, ich hörte Brianna und Julian meinen Namen rufen. Aber ich drehte mich nicht um, weder nach ihnen noch nach Jace, und verließ den Saal, ohne zurückzuschauen.

Ich ging nicht auf mein Zimmer, sondern geradewegs ans Meer. Die See war ruhig und leise schlugen die kleinen Wellen auf den Strand. In einiger Entfernung zum Schloss ließ ich mich in den Sand fallen und starrte gedankenverloren auf den Horizont.

Ich wusste, dass Jace mit meiner Entscheidung nicht einverstanden sein würde. Er war zu stolz, um den Preis anzunehmen, wollte lieber selbstständig gewinnen. Aber es war mir egal. Die Hauptsache war, dass er ihn akzeptierte und glücklich werden konnte.

Ich saß lange dort und wartete, bis er endlich kam. Er ließ sich nicht neben mir nieder, also stand ich auf. Seine Augen waren starr aufs Meer gerichtet.

„So geht das nicht weiter", sagte er schließlich. „Ich habe nie Geld oder irgendwelche wertvollen Gegenstände besessen. Nie. Das Einzige, worauf ich stolz war, weil es allein mein Verdienst war und nicht das eines anderen, war die Musik. Und dann gewinne ich nicht nur nicht den Musikworkshop, nein, jemand überlässt mir auch noch seinen Preis."

„So ist das nicht gemeint", widersprach ich, aber er unterbrach mich.

„Nein, natürlich nicht! Erwartest du jetzt, dass ich dir freudestrahlend um den Hals falle?", fragte er sarkastisch.

„Jace, ich ...", setzte ich an, doch mir wurde erneut das Wort abgeschnitten.

„Selina, ich brauche keine Mitleidsgeschenke!"

„Mein Gott, Jace ..."

„Tut mir leid, aber ich werde den Preis nicht annehmen."

„Jace, jetzt hör mir zu!", schrie ich aufgebracht und er sah überrascht auf. „Es gibt Dinge, die es wert sind, dass man für sie stirbt. Freiheit. Oder um Menschen zu retten, die man liebt!", sagte ich wütend. „Aber ich werde, wie Tausende Menschen vor mir einfach an irgendeiner unheilbaren Krankheit sterben. Keine Heldin, die in den Erinnerungen aller weiterlebt. Einfach nur ein armes, bedauernswertes Mädchen, das viel zu früh gestorben ist. Und wenn ich schon nichts erreiche in meinem Leben und nur Menschen mit meinem Tod verletze, dann versuche ich, es wenigstens ansatzweise wiedergutzumachen. Du hast das nicht verdient. Du solltest glücklich verliebt sein und groß rauskommen, stattdessen liebst du ein Mädchen, das dir deine Chance nimmt, berühmt zu werden, und dir dein Herz brechen wird. Du hast mich nicht verdient, Jace, nicht andersherum. Und jetzt hör auf, meine jämmerlichen Wiedergutmachungsgeschenke mit irgendwelchen Ausreden abzulehnen!"

Ich schluckte und schloss die Augen. Ich wollte nicht länger Jace'
erschütterten Gesichtsausdruck sehen, sonst würde ich anfangen zu
weinen.

Auf einmal merkte ich, wie er mich küsste.

„Es tut mir leid, Selina!", flüsterte er schließlich. „Ich liebe dich."

„Ich dich auch", antwortete ich leise.

Man konnte das Leben mit einer kleinen Sanduhr vergleichen.
Jeder Mensch hatte eine Sanduhr, die seine Zeit auf Erden symbolisierte. Und meine, und damit auch Jace', war beinahe abgelaufen.

Jace nahm den Gewinn an. Es gab keine Schwierigkeiten mit der
Übertragung des ersten Platzes, nur Mrs Dale bat mich mehrmals,
meine Entscheidung zu überdenken, und als ich antwortete, dass
ich mir absolut sicher sei, sah sie mich enttäuscht und ein wenig
traurig an.

Wir hatten noch einen Tag zusammen, bis die Familien und Reporter kamen, diesen verbrachten Jace und ich teils mit Brianna und
Julian am Meer, teils allein auf meinem Zimmer. Wir überredeten
Brianna, dass sie bei Julian im Zimmer schlief, sodass Jace bei mir
übernachten konnte. Ich wollte wenigstens einmal in meinem Leben morgens neben dem Menschen aufwachen, den ich über alles
liebe.

Als wir abends nebeneinander in meinem Bett lagen, flüsterte er:
„Ich liebe dich, Selina. Mehr, als ich je einen anderen Menschen auf
dieser Welt lieben kann, denn du bist mein Leben und bedeutest
mir alles. Und wenn es irgendeine Möglichkeit gäbe, deine Krankheit auf mich zu übertragen, würde ich, ohne zu zögern, für dich
sterben. Aber das geht nicht und deshalb werde ich dich nie vergessen, wenn du nicht mehr da bist. Dir gehört mein Herz. Für immer
und noch länger."

Mir traten Tränen in die Augen. Ich hatte mich nie über mein
Schicksal beklagt, ich war immer der Meinung gewesen, diese Welt
sei es nicht wert, um für mein Überleben zu kämpfen. Aber nun hatte ich einen Grund gefunden: Jace. Ich hätte alle Qualen der Welt
auf mich genommen, wenn ich dafür mehr Zeit mit ihm geschenkt

bekommen hätte. „Ich liebe dich, Jace", schluchzte ich. „Und ich will nicht sterben. Ich will dich heiraten und ein ganz normales Leben führen. Ohne diese verdammte Krankheit ..."

Er drückte meine Hand. „Ich weiß, Selina", flüsterte er. „Ich auch."

Das war das Ende des Workshops.

Am nächsten Tag ging alles ziemlich schnell: Koffer wurden gepackt, Zimmer ausgeräumt, Autos fuhren auf den Hof und nach und nach wurden alle von ihren Eltern abgeholt.

Wir verabschiedeten uns von Julian und Brianna, die mit Tränen in den Augen versprachen, uns besuchen zu kommen, versuchten verzweifelt, den Reportern aus dem Weg zu gehen, und warteten auf meine Eltern, die uns abholen sollten.

Ich hatte Zoe gesehen, wie sie mich wütend ihren Eltern zeigte und wahrscheinlich haarsträubende Geschichten erzählte. Brad warf mir einen letzten schuldbewussten Blick zu, den ich als Entschuldigung deutete, und Brianna und Julian winkten uns traurig zu, bevor ihr Auto außer Sichtweite geriet.

Mrs Dale, Mrs Green und Miss Smith hatten mir zum Abschied fest die Hand gedrückt und mir „Alles Gute für die Zukunft" gewünscht, was ich in Anbetracht der Tatsache, dass sie keine Ahnung von meinem gesundheitlichen Zustand hatten, als nett gemeinte Bemerkung auffasste.

Schließlich war es so weit. Das Auto meiner Eltern rollte auf den Hof, ich stellte ihnen Jace vor, von dem sie sehr begeistert waren. „Er ist sehr attraktiv!", wisperte mir meine Mutter heimlich zu, und wir fuhren los.

Es herrschte ein heilloses Durcheinander, wir konnten uns gar nicht mehr von allen verabschieden, bevor wir schon im Auto Richtung Heimat saßen.

Zu Hause erwarteten uns einige ruhige Tage. Jace durfte offiziell nicht in meinem Zimmer schlafen, aber sobald meine Eltern im Bett waren, schlich er sich heimlich zu mir herüber. Wir verbrachten die meiste Zeit allein, schlenderten durch die Stadt, besichtigten zusammen irgendwelche Sehenswürdigkeiten, besuchten Diskotheken und holten alles nach, was ich in den letzten Jahren verpasst hatte.

Außerdem schrieben wir einige gute Stücke, spielten uns gegenseitig etwas auf meinem Flügel vor oder sangen, bis er schließlich für einige Tage ins Studio musste, um Songs aufzunehmen.

In seiner Abwesenheit begann ich mit der Behandlung.

Die Tage, die ich im Krankenhaus verbringen musste, gingen schnell herum, da ich in jeder freien Minute mit Jace, Brianna oder Julian telefonierte, einige Songs für Jace schrieb und meinen Spaß am Lesen zurückgewann.

Nach drei Tagen stattete mir Jace einen Überraschungsbesuch ab. Ich lag mit fünf anderen Leuten auf einem Zimmer, als es plötzlich klopfte und er mit roten Rosen in der Tür stand.

Mein Bett war das hinterste, es stand am Fenster, und als er, ohne eine Miene zu verziehen, den Gang entlangschritt, folgten ihm alle Blicke. Vor meinem Bett kniete er sich auf den Boden und zog eine Schmuckschatulle aus der Hosentasche.

„Selina Black", sagte er ruhig. „Ich bin mir vollkommen bewusst, dass wir noch sehr jung sind, aber in Anbetracht der Tatsache, dass wir viel weniger gemeinsame Zeit auf Erden haben werden als andere Menschen, frage ich dich hier und jetzt: Möchtest du mich heiraten?"

Ohne den Blick von ihm zu wenden, registrierte ich, wie meine Mum die Hand vor den Mund schlug. Doch ich sah nur Jace an, der vor meinem Bett kniete und mich anblickte, die Schatulle mit dem Ring in der Hand.

„Ja, ich will", antwortete ich.

Jace stand auf, streifte mir den Ring über und grinste. „Dein Brautkleid wird bestimmt todschick!"

Ich verdrehte die Augen und musste widerwillig lachen.

Der Tag, an dem Jace mir den Heiratsantrag machte, war einer der schönsten in meinem Leben.

Kapitel 8

Von den nächsten Tagen bekam ich nicht viel mit. Ich war ungeheuer glücklich, lag mehrere Stunden einfach nur auf meinem Bett, malte mir unsere Hochzeit aus und lief mit einem breiten Grinsen im Gesicht herum.

Meine Eltern freuten sich für mich und Brianna hatte vor Glück fast geweint. „Darf ich die Hochzeit mitplanen?", strahlte sie mich an.

Ich lachte. „Du würdest es schaffen, dass ich in einem pinken Minikleid vor dem Altar erscheine."

Brianna nahm meine Hand und sah mich nachdenklich an. „Ich freue mich so für dich, Sel ... Dein Leben ist ungerecht, du hast eine perfekte Hochzeit mehr verdient als jeder andere."

Ich antwortete nicht, sondern lächelte traurig und drückte ihre Hand.

Die Hochzeit sollte wahrhaftig perfekt sein. Wenigstens etwas letztes Schönes, bevor ich diese Welt verlassen würde.

Auch Julian besuchte mich. Er war merkwürdig befangen, gratulierte mir zur Hochzeit, aber dann trat Stille ein.

„Alles okay?", fragte ich.

„Das sollte ich vielleicht eher dich fragen", gab er nachdenklich zurück. „Das alles ist bestimmt nicht einfach für dich."

„Nein", antwortete ich. „Aber ich weiß schon lange, dass ich sterben werde, nur das Datum verändert sich von Monat zu Monat. Dummerweise ist es hier im Krankenhaus todlangweilig ..."

Julian lachte nicht und ignorierte mein Wortspiel vollkommen. „Schon möglich", sagte er. „Aber es muss doch eine unheimliche psychische Belastung sein, wenn man weiß, dass man am nächsten Tag tot sein könnte."

„Ich habe keine andere Wahl, als mich damit abzufinden", antwortete ich leise. „Und das habe ich schon seit langer Zeit. Es klingt vielleicht traurig, aber so ist das eben."

Julian umarmte mich fest. Er war für mich wie ein großer Bruder, den ich nie gehabt hatte.

„Versprichst du mir etwas?", fragte ich leise.

„Was immer du willst", antwortete er ernst.

„Bitte pass auf Jace auf, wenn ich nicht mehr da bin."

Julian drückte mich fest an sich. „Ich verspreche es."

Ich hatte gerade zu Abend gegessen, lag auf meinem Bett und sah fern, als die Tür plötzlich aufgerissen wurde und meine Mutter hereinstürmte. Alle Blicke folgten ihr, als sie den langen Weg von der Tür zu meinem Bett eilte, Tränen in den Augen und völlig aufgelöst.

„Oh mein Gott, Selina!", schluchzte sie.

Ich setzte mich kerzengerade auf. „Mum, was ist los?"

„Es tut mir so leid!" Sie schluckte, bevor sie weitersprach. „Jace hatte einen Autounfall. Er liegt auf der Intensivstation."

Ich starrte sie bewegungslos und zutiefst geschockt an, atmete weder ein noch aus und ein Schauer lief mir über den Rücken. Eine unnatürliche Kälte breitete sich von innen in mir aus.

„Nein", flüsterte ich.

„Ein Auto ist von hinten in seins gefahren. Die Windschutzscheibe ist gebrochen, Jace war nicht angeschnallt und ist nach vorne geflogen, sodass sein Oberkörper auf der Motorhaube lag und er schwere Bauchverletzungen erlitten hat. Es tut mir so leid, Selina ..." Sie fing leise zu weinen an.

Ich war in meiner Bewegung erstarrt und konnte mich weder rühren noch etwas sagen, starrte meine Mum einfach nur geschockt an und hoffte, dass das alles nur ein schlechter Scherz wäre.

Aber es kam nichts. Sie wagte es nicht, mir in die Augen zu sehen, blickte stattdessen auf den Boden und schniefte leise. Abrupt erwachte ich aus meiner Reglosigkeit, sprang auf und stürmte an ihr vorbei aus dem Zimmer.

Ich weiß nicht mehr, wie ich den Weg zur Intensivstation fand, denn als ich dort das letzte Mal lag, war ich verwirrt und sterbenskrank, aber schließlich erreichte ich sie. Erstaunte Blicke folgten mir, eine Krankenschwester versuchte mich aufzuhalten, als ich die Station betrat, aber ich schüttelte ihre Hand ab und rannte weiter.

„Zimmer 310!", hatte Mum mir hinterhergerufen.

Ich machte schlitternd vor der Tür halt und riss sie auf. In dem Raum stand nichts weiter als ein kleiner Schrank, ein Stuhl, ein riesiger Apparat und ein Bett. Und darin lag Jace.

Ich schlug mir die Hände vor den Mund, lief zu ihm und sank auf die Knie. Er schlief. Sein ganzer Körper war mit Schrammen und kleinen Wunden bedeckt, seine sonst so braune Haut schien totenblass und er war mit vielen kleinen Schläuchen an einen Apparat angeschlossen. Er trug Krankenhauskleidung, aber an seinem Bauch konnte ich einen dicken weißen Verband sehen, der sich an einer Stelle rot gefärbt hatte. Blut.

Ich streckte meine Hand aus, strich über seinen Oberkörper und nahm schließlich seine Hand. Sie sah genauso aus wie immer: runde, kurze Nägel, warm und ein wenig rau. Ich umfasste sanft sein Handgelenk und betrachtete die braun gebrannte, makellose Haut und die blauen, durchdringenden Adern, bevor ich seinen Puls fühlte. Er ging sehr langsam, aber gleichmäßig.

Auf einmal riss mich eine tiefe, männliche Stimme aus meinen Gedanken. „Besucher sind noch nicht erlaubt!"

Ich sah erschrocken auf, bevor mein Kopf träge auf sein Bett sank. „Bitte", murmelte ich, „ich will doch nur ..."

Und dann war ich weg.

Ich träumte. Um mich herum herrschte vollkommene Finsternis. Ich stand am Strand, fühlte den weichen Sand unter meinen Füßen und hörte das leise Wellenrauschen. Aber ich konnte nichts sehen, alles um mich herum war schwarz. Kein einziger Lichtschein, nur Dunkelheit.

Ich versuchte mich zu bewegen, aber ich hatte keine Kontrolle über meinen Körper, stand da wie eingefroren, bewegungslos und blind an einem Strand.

Auf einmal hörte das Wellenrauschen auf und ich wurde in die Wirklichkeit zurückgerufen. Grelles Licht blendete mich und viele Leute standen um mich herum.

„Sie ist wach!" Briannas Stimme. Sie umarmte mich und ich öffnete zögernd die Augen.

„Der Traum", krächzte ich und umfasste ihr Handgelenk.

Sie sah mich mit großen, geschwollenen Augen an. „Was?"

Ich umklammerte ihr Handgelenk noch fester und versuchte, etwas zu sagen, bevor ich wieder kraftlos in die Kissen zurücksank. „Sie steht unter Schock", hörte ich eine weitere vertraute Stimme außerhalb meines Blickfelds.

Plötzlich zuckten Bilder vor meinem inneren Auge auf. Jace, der Unfall, die Intensivstation. Ich riss die Lider erneut auf, ließ Briannas Hand los und setzte mich ruckartig auf. Sofort verschwamm alles um mich herum, aber ich presste meine Nägel in meine Handflächen und der Schmerz ließ mich wieder klar sehen. „Ist Jace aufgewacht?", flüsterte ich.

Brianna trat zurück. „Ähm, Selina ..."

„Nein", murmelte ich. „Er ist nicht ..."

„Nein", schaltete sich mein Arzt ein und ich sank erleichtert in die Kissen zurück. Dr. Johnson wechselte einen besorgten Blick mit meiner Mum. „Er wird wahrscheinlich bald aufwachen. Er liegt noch im Koma."

Ich schluckte. „Irgendwelche bleibenden Schäden?"

Meine Mum strich mir sanft über den Kopf. „Das kann man noch nicht sagen, Schätzchen. Hab Geduld."

Ich schloss die Augen wieder, blendete die Realität aus und versank in meiner unruhigen Traumwelt. Sie verschwiegen mir etwas.

Der kommende Tag war der schlimmste, den ich je erlebt hatte. Ich war unfähig, irgendetwas zu tun, aber mir blieb nichts anderes übrig, als zu warten. Ich sah fern, ohne zu wissen, was passierte, starrte eine halbe Stunde auf dieselbe Seite meines Buches und tigerte unruhig im Zimmer umher. Ich versuchte zu schlafen, aber sobald ich die Augen schloss, sah ich Jace vor mir.

Schließlich fing ich an zu singen. Ich suchte mir einen verlassenen

Raum und sang alles, wovon ich den Text auswendig konnte. Alte Kinderlieder, Arien aus Opern, Popsongs, Volkslieder. Als ich bei dem Stück ankam, das Jace und ich beim Workshop komponiert hatten, brach ich auf dem Boden zusammen. Als keine Tränen mehr kamen, blieb ich einfach liegen. Ich hatte keine Kraft aufzustehen.

Es war etwa gegen neun Uhr abends, als jemand an die Tür klopfte. Ich stand langsam auf, wischte mir über mein Gesicht und öffnete die Tür. Es war Mum.

„Er ist aufgewacht", flüsterte sie.

Ich schluckte, unfähig, irgendetwas zu sagen, und stürmte an ihr vorbei. Das Krankenhaus war dunkel, ich begegnete keiner Menschenseele. Seine Zimmertür war nur angelehnt und ich hörte laute Stimmen herausdringen.

Nachdem ich die Tür ein wenig aufgeschoben hatte, starrte ich wie angewurzelt auf die sich mir bietende Szene. Dr. Johnson und eine Krankenschwester standen neben dem Bett und versuchten, Jace zu beruhigen, der sich verzweifelt wehrte.

„Ich will zu Selina!", krächzte er. „Lasst mich los! Wo ist sie?" Seine Augen flackerten, der Blick war verschleiert.

„Beruhige dich!", befahl Dr. Johnson bestimmt. „Halt still, Jason, alles wird gut!"

In diesem Moment entdeckte er mich und richtete sich mit neuer Energie auf. Seine Augen flammten auf, der Blick wurde klar und mit unnatürlicher Kraft schob er den Arzt zur Seite und taumelte auf mich zu. Die Krankenschwester schrie auf, Dr. Johnson sah meinen Freund überrascht an und ich schaute ihm bewegungslos entgegen. Wie in Zeitlupe sah ich, dass sich sein Verband löste und Blut aus der tiefen Wunde strömte. Jace taumelte noch einen Schritt weiter, dann brach er zusammen. In Sekundenschnelle war ich neben ihm und versuchte, den Verband wieder festzuzurren, als er mit eiserner Faust meinen Arm ergriff.

„Selina", flüsterte er kraftlos. „Alles wird gut. Wir werden uns bald wiedersehen."

Ich nickte, obwohl ich wusste, dass er zu viel Blut verloren hatte. Es war von Anfang an aussichtslos gewesen. Sie hatten ihn nur aus dem Koma geholt, damit er sich verabschieden konnte, denn es gab keine Chance auf eine Genesung.

„Jace …“ Ich nahm sein Gesicht in meine Hände, während im Hintergrund ein Alarm losging und Menschen in den Raum stürmten.

„Versprich mir, dass du auf dich aufpasst!“ Schweißperlen bildeten sich auf seinem Gesicht, während rot und dick das Blut aus seiner Wunde sickerte.

„Ich verspreche es“, flüsterte ich heiser.

„Bitte …“, hauchte er. „Sing für mich.“

Ich schluckte und versuchte vergeblich, mich zu beruhigen. Blickte an die Decke und konzentrierte mich darauf, nicht zu weinen. Ich konnte ihm diesen letzten Wunsch nicht abschlagen.

Als ich mit leiser Stimme anfing zu singen, schloss er die Lider. Aus den Augenwinkeln nahm ich wahr, wie die Ärzte und Schwestern im Raum in ihren Bewegungen erstarrten. Alle Blicke ruhten jetzt auf mir. Meine Stimme war ein wenig rau und ich hatte einen dicken Kloß im Hals. Tränen traten mir in die Augen, liefen mir die Wangen hinunter und nahmen mir die Sicht. Es schien, als wollte mich etwas innerlich zerreißen, aber meine Stimme brach nicht.

It's impossible to stay with me.
It's time to say goodbye,
but we'll meet again
in another life.

Als der letzte Ton verklungen war, hob er langsam seine Hand und wischte mir eine Träne von der Wange. „Du bist so wunderschön“, flüsterte er beinahe lautlos. „Ich liebe dich. Vergiss das nie!“ Dann entspannten sich seine Gesichtszüge und seine Hand sank zu Boden.

Ich küsste seine kalten Lippen ein letztes Mal, während um mich herum die Welt zu explodieren schien. Stimmen schrien, Leute rannten umher und grelles Licht leuchtete auf.

Ich lag einige Zeit bewegungslos über seinem Körper, während meine Kleidung sich rot von seinem Blut färbte, bis mich jemand an der Schulter packte und versuchte, mich sanft von ihm wegzuziehen.

„Fasst mich nicht an!", schrie ich hysterisch.

Dr. Johnson zuckte erschrocken zurück. „Selina ..."

„Bleibt weg!", brüllte ich und umklammerte Jace nur noch fester. „Er ist euretwegen tot! Ihr habt ihn sterben lassen!" Ich fing hemmungslos an zu schluchzen, bis mich sanfte Hände hochhoben und von ihm wegtrugen. Ich schlug und trat, schrie und weinte, bis mir schließlich eine Beruhigungsspritze verabreicht wurde und ich in einen tiefen, traumlosen Schlaf fiel.

Ich wachte immer wieder auf und fing an zu schreien, sodass die Ärzte keine andere Wahl hatten, als mich von Neuem zu betäuben. Ich verdrängte die Realität, lebte in meiner Traumwelt und fühlte doch nichts anderes als Leere. Mit Jace war ein Teil von mir gestorben und ich wusste, dass ich abhängig von ihm geworden war, ich konnte nicht mehr ohne ihn leben.

Und wenn man süchtig nach einem Menschen ist, hat man verloren. Vor allem, wenn dieser tot ist.

Irgendwann wachte ich auf und schrie nicht mehr. In den Ärzten keimte Hoffnung, aber es war, als sei ich innerlich ebenfalls gestorben. Ich sprach kein Wort mehr, aß nichts, starrte ins Leere. Egal, ob es Brianna war oder meine Mum, ich reagierte auf nichts und niemanden. Es war, als würde ich hinter einer milchigen Glasscheibe stehen und von dort aus die Welt beobachten.

Der Krankenhausaufenthalt wurde beendet und ich nach Hause geschickt, wo ein Psychologe mich jeden Tag besuchen kam, aber er konnte mir nicht helfen. Er redete wirres Zeug von Trauer- und Schockzuständen, ich nickte gehorsam, starrte jedoch durch ihn hindurch und merkte nicht, wenn er aufhörte zu reden.

Dieser Zustand hielt lange an. Es war nicht so wie damals, als ich meine Diagnose bekommen hatte, sondern viel schlimmer.

Etwa drei Wochen nach Jace' Tod kam meine Mum zu mir ins Zimmer. „Das geht so nicht weiter, Selina", sagte sie bestimmt.

Ich nickte und starrte an die Decke.

„Ich kann nachvollziehen, dass dich Jace' Tod schwer getroffen hat", sprach sie weiter. „Aber du musst an deinen gesundheitlichen Zustand denken. Du bist todkrank und musst zurück ins Krankenhaus in Behandlung."

„Nein." Es war das erste Wort seit Wochen, meine Stimme hörte sich rau und kratzig an.

Meine Mum sah überrascht auf. „Du sprichst wieder!" Schließlich fuhr sie leise fort: „Wir haben so viel für diese Behandlung bezahlt, du kannst jetzt nicht alles abbrechen."

„Ich. Werde. Nie. Wieder. Zurück. In. Diese. Klinik. Gehen", antwortete ich langsam und mit kalter Wut.

„Oh doch, Selina, das wirst du!", widersprach meine Mum.

Das brachte das Fass zum Überlaufen. Ich richtete mich ruckartig auf. „Das ist mein Leben, Mum!", brüllte ich. „Und ihr werdet nicht darüber bestimmen! Ich habe immer alles getan, damit ihr zufrieden seid, bin zur Schule gegangen, habe diesen bescheuerten Musikworkshop besucht und verdammt noch mal keinen Selbstmord begangen! Ihr kapiert es immer noch nicht, oder? Würde es euch nicht geben, wäre ich schon längst tot! Ich habe nichts von diesem sinnlosen Leben und ihr allein seid schuld, dass ich nie so egoistisch gewesen bin, dieses verdammte Elend zu beenden!" Ich sah ihren geschockten Gesichtsausdruck und mir wurde bewusst, dass meine Eltern es nie gemerkt hatten. Sie hatten jahrelang die Wahrheit verdrängt und versucht, mit allen Möglichkeiten meine Lebensfreude neu zu entfachen. Sie hatten mich all die Jahre falsch eingeschätzt. Und das war eine Bestätigung dafür, wie perfekt meine Maske wirklich gewesen war. „Und jetzt zwingt mich nicht dazu, noch weiterzuleben", flüsterte ich und stürmte aus dem Zimmer.

Julian und Brianna brachten mich ein letztes Mal zum Strand. Es war eine lange, anstrengende Autofahrt quer durch die Vereinigten Staaten, aber Julian hielt kein einziges Mal an, sondern fuhr die sieben Stunden durch. Brianna saß neben ihm auf dem Beifahrersitz und drehte sich ab und zu sorgenvoll zu mir um, aber ich wich ihrem Blick aus und starrte mit leeren Augen durch das Fenster.

Schließlich waren wir da. Julian fuhr die Auffahrt entlang zum Schloss und stellte den Motor aus.

„Danke", murmelte ich.

„Selina", sagte Julian leise und Brianna schniefte. „Egal, wie du dich entscheidest", er schluckte, aber seine Stimme klang ruhig und fest, „vergiss nie, dass es Menschen gibt, die dich lieben. Und egal, wo Jace jetzt ist", er sammelte sich kurz, „er liebt dich und wacht über dich."

Meine Augen waren trocken, es kamen keine Tränen mehr.

„Danke", murmelte ich noch mal, und weil ich ihre Traurigkeit und sorgenvollen Blicke nicht mehr ertragen konnte, öffnete ich die Autotür und lief langsam zum blauen, glitzernden Ozean.

Ich stand dort und beobachtete ein letztes Mal, wie die Sonne im Meer versank. Wartete, wie ich es so oft getan hatte. Mit einer Ausnahme. Diesmal wartete ich vergeblich. Jace kam nicht, stellte sich nicht neben mich und nahm meine Hand, wie er es sonst gemacht hatte.

Und er würde es auch nie wieder tun.

Mein Entschluss stand fest.

Es tat mir leid für Julian, Brianna, meine Mum und meinen Dad. Aber ich konnte ohne Jace nicht leben.

Ich würde das tun, was meine größte Angst gewesen war: dass er mit dem Verlust nicht zurechtkäme und Selbstmord beging.

Er war in dem Glauben gestorben, dass wir uns nach dem Tod wiedersehen würden. Vielleicht stimmte es ja. Es war an der Zeit, das herauszufinden.

Ich hatte keine Angst vor dem Tod, ich hatte viel zu lange Zeit gehabt, mich an den Gedanken, nicht mehr auf der Erde zu weilen, zu gewöhnen. Aber was viel schlimmer war: Ich würde das Versprechen brechen, das ich ihm in den letzten Sekunden vor seinem Tod gegeben hatte.

„Pass auf dich auf."

„Ich hoffe, du kannst mir verzeihen, Jace. Ich liebe dich."

Was bleibt, ist die Erinnerung.

*Wir nehmen Abschied von unserer
geliebten Tochter und Freundin.*

Ruhe in Frieden, Selina.

Autorin

Elisabeth Heck wurde 2001 in Bad Soden geboren. Momentan besucht sie das Gymnasium am Moltkeplatz in Krefeld. In ihrer Freizeit spielt sie Klavier und singt.

Buchtipp

Isabel Hoffmann
Spring

ISBN: 978-3-86196-313-4
Taschenbuch, 156 Seiten

Wie viel ist nötig, um einen Menschen zu brechen? Was ist das Schlimmste, das dir passieren kann?

Tessa ist 14, als ihre Eltern beschließen, Onkel Sam bei sich aufzunehmen – und sich das Leben der Teenagerin schlagartig verändert. Anfangs gibt sich Sam freundlich und hilfsbereit, doch schon bald scheinen seine kalten, grauen Augen Tessa überall hin zu folgen ...

Auf die wohl grausamste Art und Weise muss Tessa lernen, wie einfach die Menschen ihren Blick abwenden und wie schwer es ist, Vertrauen zu fassen und sich anderen anzuvertrauen.